Marina Zwetajewa

Auf rotem Roß

– Poem –

*

Briefe

an

Rosanow

Lann

Rodsewitsch

Gronskij

Steiger

*

Dokumente

– Drei Briefe an Berija –

*

Aus dem Russischen
von
Bettina Eberspächer

*

Herausgegeben
von
Siegfried Heinrichs

Oberbaum

Co-Produktion
der
„Lucas Presse"
D-32037 Enger
Bahnhofstraße 62
und
der
Oberbaum Verlags GmbH
D-09130 Chemnitz
Paul-Gerhardt-Straße 65

* * *

Erstveröffentlichung

*

Russischer Originaltext:
Briefe an Rosanow: Neisdannyje pisma, Paris 1972.
Briefe an Lann: Wiener Slawistischer Almanach,
Sonderband 3, Wien 1981.
Briefe an Rodsewitsch: Swesda 8 (1986), Leningrad 1986.
Briefe an Gronskij: Nowyj mir 4 (1969), Moskau 1969.
Briefe an Steiger: Opyty 7 u. 8, New York, und
Nowyj mir 4 (1969), Moskau 1969.
Briefe an Berija: Literaturnaja gaseta Nr. 36 (5413)
(2. 9. 92), Moskau 1992.

*

Oberbaum Verlag GmbH
Taschen-, Kunst- und Sachbuchverlag
Friedelstraße 6
D-12047 Berlin
Telefon: 030 / 624 69 21

*

Satz: Oberbaum Verlag GmbH
Druck: „Argumentum", Budapest

*

ISBN 3-926409-62-2

Auf rotem Roß

Gedichte
und
Briefe

Auf rotem Roß

– Poem –

НА КРАСНОМ КОНЕ

Не Муза, не Муза
Над бедною люлькой
Мне пела, за ручку водила.
Не Муза холодные руки мне грела,
Горячие веки студила.
Вихор ото лба отводила — не Муза,
В большие поля уводила — не Муза.

Не Муза, не черные косы, не бусы,
Не басни, — всего два крыла светлорусых
— Коротких — над бровью крылатой.
Стан в латах.
Султан.

К устам не клонился,
На сон не крестил.
О сломанной кукле
Со мной не грустил.
Всех птиц моих — на свободу
Пускал — и потом — не жалея шпор,
На красном коне — промеж синих гор
Гремящего ледохода!

Пожарные! — Широкий крик!
Как зарево широкий — крик!
Пожарные! — Душа горит!
Не наш ли дом горит?!

Auf rotem Roß

Es war nicht die Muse,
Die an meiner Wiege
Gesungen und mich an der Hand geführt,
Die mir meine frierenden Hände gewärmt hat,
Die brennenden Lider gekühlt.
Das Haar aus der Stirn strich mir – nicht die Muse,
Ins weite Feld hinaus führte mich – nicht die Muse.

Es war nicht die Muse, nicht Zöpfe, nicht Schmuck,
Kein Märchen, – nur ein rotes Flügelpaar – kurz,
Dicht über geflügelten Lidern.
In Harnisch – ein Ritter –
Gefiederter Helm.

Er küßte mich nicht auf die Lippen
Und segnete nicht meinen Schlaf.
Er teilte nicht meinen Kummer,
Wenn mir eine Puppe zerbrach,
Ließ all meine Vögel ins Freie
Und ritt – nicht die Sporen geschont! –
Auf einem roten Roß auf und davon
Durch blauer Gebirge krachenden Eisgang.

* * * * *

Ein langer Schrei: – die Feuerwehr!
Ein Schrei wie Feuer – von weither.
Die Feuerwehr! – es brennt das Herz!
Ist's nicht das Haus, das brennt? – Das Herz!

Сполȯшный колокол гремит,
Качай-раскачивай язык,
Сполȯшный колокол! — Велик
Пожар! — Душа горит!

Пляша от страшной красоты,
На красных факелов жгуты
Рукоплещу, — кричу — свищу —
Рычу — искры мечу.

Кто вынес? — Кто сквозь гром и чад
Орлом восхи̇тил? — Не очнусь!
Рубашка — длинная — до пят
На мне — и нитка бус.

Вой пламени, стекольный лязг...
У каждого — заместо глаз —
Два зарева! — Полет перин!
Горим! Горим! Горим!

Трещи, тысячелетний ларь!
Пылай, накопленная кладь!
Мой дом — над всеми государь,
Мне нечего желать.

— Пожарные! — Крепчай, Петух!
Грянь в раззолоченные лбы!
Чтобы пожар не тух, не тух!
Чтоб рухнули столбы!

Es klagt die Glocke – hin und her
Wiegt, schaukelt sie den Klöppel schwer.
Die Glocke klagt: – Es zehrt
Der Brand! Es brennt das Herz!

Ich tanze, klatsche diesem Strauß
Aus rotem Fackelschein Applaus –
Pfeif', schrei', sprüh Funken in die Nacht,
Entbrannt von schrecklich-schöner Pracht.

Wer trug mich fort? – Stieg adlergleich
Durch Qualm und Donnerschlag empor?
Bin noch im Schlaf – zur Ferse reicht
Mir Hemd – und Kettenschnur.

Die Flamme heult, es klirrt das Glas,
Und jeder hat an Augen Statt
Zwei Feuer! – Flug des Federbetts!
Es brennt! es brennt! es brennt!

Uralte Truhe, prass'le laut!
Gerümpelhaufen, lod're hell!
Und über alle herrscht mein Haus,
Nichts bleibt zu wünschen mehr.

Die Feuerwehr! – Wachs', roter Hahn!
Dring in der Stirnen Goldglanz ein!
Daß nicht erlischt, erlischt der Brand!
Daß keine Säule stehenbleibt!

Чтò это — вдруг — рухнуло — вдруг?
Это не столб — рухнул!
Бешеный всплеск маленьких рук
В небо — и крик: — Кукла!

Кто это — вслед — скоком гоня
Взор мне метнул — властный?
Кто это — вслед — скоком с коня
Красного — в дом — красный?!

Крик — и перекричавший всех
Крик. — Громовой удар.
Вздымая куклу, как доспех,
Встает, как сам Пожар.

Как Царь меж огненных зыбей
Встает, сдвигает бровь.
— Я спас ее тебе, — разбей!
Освободи Любовь!

Чтò это вдруг — рухнуло? — Нет,
Это не мир — рухнул!
То две руки — конному — вслед
Девочка — без — куклы.

Февраль. Кривые дороги.
В полях — метель.
Метет большие дороги
Ветрòв — артель.

Was war das, was da – plötzlich – barst?
War's eine Säule, die gesprungen?
Es streckt sich eine kleine Hand –
Zum Himmel – „Meine Puppe!"

Wer jagt im Sprung dort hinterher –
Sein Blick herrisch und drohend?
Wer jagt dahin auf rotem Pferd
Ins Haus – ins feurig-rote?!

Ein Schrei, der alle überschreit,
Ein Schrei – wie Donnerschlag so wild.
Da steht er auf – selbst Feuerschein,
Die Puppe haltend wie ein Schild.

Gleich einem Zar im Flammenmeer
Erhebt er sich, runzelt die Brau'n.
Was ich gerettet hab' – zerstör',
Die Liebe laß hinaus!

* * * * *

Was barst da – plötzlich? Nein,
Die Welt ist nicht zersprungen.
Zwei Hände nur – dem Reiter – hinterdrein:
Das Mädchen – ohne – Puppe.

* * * * *

Februar. Bucklig die Wege.
Schneesturm im Feld.
Es fegt über breite Wege
Der Winde Artel.

То вскачь по хребтам наклонным,
То снова круть.
За красным, за красным конным
Всё тот же путь.

То — вот он! рукой достанешь!
Как дразнит: Тронь!
Безумные руки тянешь,
И снегом — конь.

Султан ли — в глазах — косматый,
Аль так — ветла?
Эй, рук не складайте, сваты!
Мети, ветра!

Мети, громозди пороги —
Превыше скал,
Чтоб конь его крутоногий
Как вкопан — стал.

И внемлют ветра — и стоном
В ответ на стон.
Торопится красным гоном
Мой конный сон.

Косматых воскрылий взлеты,
Аль так — ветла?
Вздымайте, вздымайте метлы!
Держись, ветра!

Im Galopp über krumme Rücken,
Dann wieder kehrt.
Hinter dem roten, dem roten Ritter –
Immer der gleiche Weg.

Da ist er! Zum Greifen nahe!
Er drängt: komm her!
Die Hand streckst du aus im Wahnsinn –
Schnee – wird das Pferd.

Ein Büschel aus Federn oder
Ein Weidenbaum?
Ihr Brautwerber, laßt nicht locker!
Ihr Winde, braust!

Aus Schnee türm' Schwellen auf, Schneesturm,
Höher als Fels!
Wie angewachsen soll's stehen,
Sein edles Pferd.

Die Winde verstummen – Stöhnen
Als Antwort wird laut.
Dahin jagt in roten Sprüngen
Mein Reitertraum.

Gefieder, das aufflicgt – oder
Ein Weidenbaum?
Laßt Sturm sich erheben, toben!
Wind, halte aus!

А что ж это там за глыба
Всплывает — там?
Как будто бы вьюгой вздыблен
Стоглавый храм.

Конец и венец погоне!
Уж в лоб, треща,
Мне пламень подков, в ладони —
Уж край плаща!

На помощь, с мечом и громом,
Всех Воинств Царь! —
Но прядает конь — и громом
Взгремел в алтарь!

Стремлю, а за мною — сворой
Вся рать ветров.
Еще не остыл — по хорам —
Раскат подков.

Как рокот Сорокоуста
Метель взмелась:
Престол опрокинут! — Пусто!
Как в землю сгас!

Стоните, стоните, стены!
Метель, ярись!
Померкло от конской пены
Сиянье риз.

Doch was ist hinter der Schwelle
Aufgetaucht – dort?
Als wär's ein vom Sturm aufgestellter
Vielkupp'liger Dom.

Nun hat das Jagen ein Ende!
Ein Huf flammt auf
Schon an meiner Stirn – meine Hände
Fassen den Saum.

Zu Hilfe, mit Schwertern und Donner,
Der Heere Zar! –
Doch da scheut das Roß – und wie Donner
Grollt's am Altar.

* * * * *

Ich eile, denn es zieh'n Heere
Von Winden herauf.
Noch nicht verstummt – in den Chören
Der Hufe Lauf.

Gleich dem Gebet nach vierzig Tagen*
Fegt Sturm daher.
Der Thron scheint zur Erde gefahren –
Gestürzt und leer!

So ächzt! ächzt und stöhnt, ihr Wände,
Sturm, tobe, tanz!
Verblaßt ist vom Schaum des Pferdes
Gewänderglanz.

* Sorokoust – Gebet für einen Verstorbenen vierzig Tage nach dessen Tod.

Шатается купол. — Рухай,
Сонм сил и слав!
И рухает тело — руки
Крестом распяв.

Огромною битвой радуг —
Разлет лампад.
— Прими меня, чист и сладок,
За ны — распят.

Ревнивая длань, — твой праздник!
Прими огонь!
Но что — с высоты — за всадник,
И что за конь?

Доспехи на нем — как солнце...
— Полет крутой —
И прямо на грудь мне — конской
Встает пятой.

Гром первый по черепу — или лом
По черепу?! — Люди! Люди!
В сухую подушку вгрызаясь лбом,
Впервые сказать: Не любит!

Не любит! — Не надо мне женских кос!
Не любит! — Не надо мне красных бус!
Не любит! — Так я на коня вздымусь!
Не любит! — Вздымусь — до неба!

Es schwankt die Kuppel – zerschellt nun
Macht, Ruhm und Ehr'!
Es stürzt ein Körper – die Hände
Zum Kreuz ausgestreckt.

* * * * *

Und Schlachten von Regenbogen:
Die Lämpchen klirr'n.
Der Du bist für uns gestorben –
Nimm mich zu Dir.

Neidische Hand, nimm zur Feier
Das Feuer an!
Doch was steigt da für ein Reiter
Mit Pferd herab?

Die Rüstung im Sonnenlicht gleißend
– Ein steiler Flug –
Und mir auf die Brust stellt sich eisern
Sein Pferdehuf.

* * * * *

Im Kopf erster Donnerschlag – oder Bruch
Im Kopf?! Und zum ersten Male
Die Stirn verborgen im Kissenbezug,
Er liebt mich nicht! – sagen.

Er liebt mich nicht! – Was nützt mir ein Frauenzopf!
Er liebt mich nicht! – Was nützt mir schöner
Schmuck!
Er liebt mich nicht! – Ich schwing' mich auf's Roß!
Er liebt mich nicht! – Schwing mich empor – zum
Himmel!

О дух моих дедов, взыграй с цепи!
Шатай вековые сосны!
О дух моих дедов — Эол! — трепи
Мои золотые космы!

На белом коне впереди полков
Вперед под серебряный гром подков!
Посмотрим, посмотрим — в бою каков
Гордец на коне на красном!

Разломано небо! — Благой знак:
Заря кровянит шлем мой!
Солдаты! До неба — один шаг:
Законом зерна — в землю!

Вперед — через ров! — Сорвались? — Ряд
Другой — через ров! — Сорвались? — Вновь
Другой — через ров! — На снегу лат
Не знаю: заря? кровь?

Солдаты! Какого врага — бьем?
В груди холодок — жгуч.
И входит, и входит стальным копьем
Под левую грудь — луч.

И шепот: Такой я тебя желал!
И рокот: Такой я тебя избрал,
Дитя моей страсти — сестра — брат —
Невеста во льду — лат!

O Geist meiner Väter, reiß dich von der Kette
Und rüttle Kiefern, jahrhundertalt!
O Geist meiner Väter – Äolus! – Zerre
An meinem goldenen Haar.

Auf weißem Roß den Heeren voran
Donnern silbern die Hufe heran!
Wir seh'n ihn, sehen den Ritter im Kampf,
So stolz auf dem Roß, dem roten.

Zerbrochen der Himmel! Zeichen des Glücks:
Mein Helm, rot vom Blut der Dämm'rung.
Soldaten! Zum Himmel ist's nur ein Schritt:
Gesetz des Samens: zur Erde zurück!

Übern Graben! – Gestürzt? – Reihe zwei
Übern Graben! – Gestürzt? – Nochmal, los –
Übern Graben! Und auf dem Eis
Seiner Rüstung? – Ist's Morgenrot? Blut?

Soldaten! Wir schlagen – welchen Feind?
Das erkaltete Herz glüht – heiß.
Ein Strahl dringt hinein – stählerner Speer –
Dringt ein unters Herz.

* * * * *

Ein Flüstern: Dich habe ich so begehrt!
Ein Tosen: Dich habe ich mir erwählt!
Der Leidenschaft Schwester – Bruder – Kind,
Braut im Eise – des Schilds.

Моя и ничья — до конца лет.
Я, руки воздев: Свет!
— Пребудешь? Не будешь ничья, — нет?
Я, рану зажав: Нет.

Не Муза, не Муза, — не бренные узы
Родства, — не твои путы,
О Дружба! — Не женской рукой, — лютой
Затянут на мне —
Узел.

Сей страшен союз. — В черноте рва
Лежу, — а Восход светел.
О кто невесомых моих два
Крыла за плечом —
Взвесил?

Немой соглядатай
Живых бурь —
Лежу — и слежу
Тени.

Доколе меня
Не умчит в лазурь
На красном коне —
Мой Гений!

13-17 января 1921 г.

Nur mein und niemandes sonst in Ewigkeit!
Ich hebe die Hände: Heller Schein!
Du bleibst – gehörst niemandem – nein?
Ich halte die Wunde zu: Nein!

* * * * *

Es war nicht die Muse, – nicht der Verwandtschaft
Vergängliche Fesseln, – nicht deine Bande
O Freundschaft! – Nicht weibliche Hand – eine
starke
Hat grausam den Knoten an mir
Geknüpft.

Welch schrecklicher Bund. – Ich liege im Schwarz
Des Grabes – licht der Aufgang der Sonne.
O wer hat in meinem Rücken das Paar
Gewichtloser Flügel
Gewogen.

Lebendiger Stürme
Stummer Spion –
So lieg' ich und folg'
Den Schatten

Solange, bis mich
Auf rotem Roß
Ins Blaue entführt
Mein Genius.

Briefe
an
Rosanow

Die Briefe an W .W. Rosanow
(Hrg. G. und N. Struve)

Bis vor kurzem war über M. Zwetajewas Briefwechsel mit W. W. Rosanow (1856-1919) nichts bekannt. In der einbändigen Werkauswahl M. Zwetajewas von 1965 (Biblioteka poeta, bolschaja serija) sind in den Anmerkungen einige Zeilen aus dem ersten Brief zitiert, doch – wahrscheinlich aus Angst vor der Zensur – ohne Hinweis auf den Adressaten: „Im März 1914 schrieb Zwetajewa in einem Brief an einen der Freunde ihrer Gedichte..." (S.733).
Die Auswahl von Briefen, die im *Nowyj mir* veröffentlicht ist (4,1969), enthält auch einen Teil des zweiten Briefes an W. Rosanow, in dem Zwetajewa über ihren Vater erzählt.
Die drei Briefe an Rosanow sind für die äußere wie auch für die innere Biographie Zwetajewas außerordentlich wichtig. In einem jugendlichen Ausbruch von Offenheit spricht Zwetajewa das Wichtigste aus: ihren fehlenden Glauben an Gott und an ein Leben nach dem Tod. In reiferen Jahren ihres Lebens lehnte sie Gott nicht ab, stand aber jeder offiziellen Kirche mit Argwohn gegenüber. Doch sind in ihr der ursprüngliche Unglaube und die religiöse Leere geblieben, was teilweise zur Erklärung des letzten verhängnisvollen Akts ihres Lebens beitragen kann.
Die Briefe Rosanows an Zwetajewa sind offenbar nicht erhalten geblieben.

1

Feodosija, 7.März 1914,
Freitag

Lieber, lieber Wasilij Wasiljewitsch,
mein ganzes Wesen ist gerade von einem Jubel ergriffen, ich bin allen gegenüber wohlwollend gesonnen, möchte jedem etwas Angenehmes sagen, möchte nicht gehen, sondern laufen, nicht laufen, sondern fliegen, – und das alles Ihres Briefes an Asja wegen – dieses wunderbaren, echten Briefes, „wie man ihn sich wünscht."
Eben gingen Asja und ich die Hauptstraße Feodosijas entlang, die Italienische Straße, und entrüsteten uns, daß Sie nicht bei uns sind. Es wäre so einfach und so wunderbar, wenn wir zu dritt hier entlanggingen und redeten, endlos redeten.
Hören Sie, wie seltsam: dies sind meine ersten, die allerersten Worte an Sie, Sie wissen noch nichts über mich, glauben aber alles! Ich schwöre, daß jedes Wort von mir die Wahrheit ist, bis ins kleinste.
Ich habe nichts von Ihren Büchern gelesen außer dem „Einsamen"[1], aber ich sage Ihnen ohne weiteres, daß Sie genial sind.
Sie verstehen und begreifen alles, und es macht mich so froh, Ihnen das zu sagen, Ihnen entgegen zu gehen, freigebig zu sein, nichts erklären, nicht verbergen, nichts fürchten zu müssen. Ach, wie gern ich Sie habe und wie ich vor Begeisterung bebe, wenn ich an die erste Begegnung unseres Lebens denke, die vielleicht peinlich und plump, aber aufrichtig sein wird. Welch ein Glück, daß

Sie nicht zwanzig Jahre früher geboren sind und ich nicht zwanzig Jahre später!
Hören Sie, Sie haben über Maria Baschkirzewa[2] gesagt, was noch niemand gesagt hat. Und Maria Baschkirzewa liebe ich unbändig, mit einem unbändigen, unbändigen Schmerz. Ich habe ganze zwei Jahre in Sehnsucht nach ihr gelebt. Sie ist für mich so lebendig wie ich selbst.
Worüber soll ich Ihnen schreiben? Ich möchte alles sofort sagen. Schließlich haben wir uns 21 Jahre lang – so alt bin ich – nicht gesehen.
Und ich erinnere mich an mich selbst, seit ich zwei bin.
Ich sende Ihnen ein Büchlein mit meinen Lieblingsgedichten aus meinen beiden ersten Bänden: aus dem „Abendalbum" (1910, 18 Jahre) und der „Zauberlaterne" (1911)[3]. Ich weiß nicht, ob Sie Gedichte mögen? Wenn nicht – lesen Sie nur das Inhaltsverzeichnis.
Seit 1911 habe ich nichts Neues herausgebracht. Im Herbst beabsichtige ich einen Band mit Gedichten über Maria Baschkirzewa und einen weiteren mit den Gedichten der letzten zwei Jahre herauszugeben.
Ja, über mich: ich bin verheiratet, habe eine einjährige Tochter – Ariadna (Alja). Mein Mann ist zwanzig Jahre alt[4]. Er ist von einer ungewöhnlichen und begnadeten Schönheit, schön äußerlich und innerlich. Sein Urgroßvater väterlicherseits war Rabbiner, sein Großvater mütterlicherseits ein prächtiger Gardist Nikolajs I. In Serjoscha ist zweierlei Blut glanzvoll vereint: jüdisches und russisches. Er ist glänzend begabt, klug und vornehm.

Charakter, Manieren, Gesichtszüge – alles stammt von der Mutter. Und seine Mutter war eine Schönheit und eine Heldin – sie war eine geborene Durnowo.

Ich liebe Serjoscha unendlich und für immer. Meine Tochter vergöttere ich. Ich schreibe Ihnen dies alles als Antwort auf Ihre Worte an Asja über die Ehe.

Jetzt werde ich Ihnen sagen, wer wir sind: Sie kannten unseren Vater. Es war Iwan Wladimirowitsch Zwetajew, nach dessen Tod Sie Ihren Artikel in *Nowoje Wremja* [Neue Zeit] geschrieben haben. Noch ein weiteres Bindeglied zwischen uns. Wie erfreulich!

Jetzt ist es Abend. Ich denke den ganzen Tag an Sie.

Welch ein Glück!

Hören Sie, ich möchte Ihnen eine für Sie wahrscheinlich entsetzliche Sache sagen: ich glaube überhaupt nicht an die Existenz Gottes und an ein Leben nach dem Tod. Daher meine Hoffnungslosigkeit, mein Grauen vor Alter und Tod. Das völlige Unvermögen meiner Natur – zu beten und demütig zu sein. Die unbändige Liebe zum Leben, das krampfhafte, fieberhafte Verlangen zu leben. Alles, was ich Ihnen gesagt habe, ist die Wahrheit. Vielleicht werden Sie mich deswegen zurückstoßen. Aber ich bin doch nicht schuld daran. Wenn es Gott gibt, dann hat Er mich doch so geschaffen! Und wenn es ein Leben nach dem Tod gibt, werde ich natürlich in ihm glücklich sein. Vergebung – wofür? Ich habe nichts mit Absicht getan.

Ich schicke Ihnen einige meiner letzten Gedichte[5].

Und ich möchte sehr gerne, daß Sie mir etwas über sie schreiben, einfach, als Mensch. Doch ich bin schon im voraus überzeugt, daß sie Ihnen nahe sein werden.
Überhaupt: ich hasse Literaten, für mich ist jeder Dichter – verstorben oder lebend – eine handelnde Person in meinem Leben. Ich mache keinerlei Unterschied zwischen dem Buch und dem Menschen, dem Sonnenaufgang und dem Bild. – Alles, was ich liebe, liebe ich mit ein und derselben Liebe.
Lieber Wasilij Wasiljewitsch, ich will nicht, daß unsere Begegnung eine flüchtige ist. Möge sie fürs ganze Leben sein! Je mehr man weiß, desto mehr liebt man. Dann noch eines: wenn Sie mir schreiben, nicht in alter Orthographie, dann machen Sie mich zur Christin.
Ich lebe jetzt etwas ganz anderem.
Das soll Ihnen keinen Kummer bereiten, und nehmen Sie das vor allem nicht als „Freidenkerei“. Wenn Sie fünf Minuten lang mit mir sprechen würden, käme es mir nicht in den Sinn, Sie darum zu bitten.
Ich schließe meinen Brief mit einem sehr zärtlichen, sehr innigen Gruß und wünsche Ihnen und Ihrer Frau Gesundheit. Schreiben Sie mir über Ihre Familie: wieviel Kinder haben Sie, und in welchem Alter?
Alles Gute.

Marina Efron
geb. Zwetajewa

Adresse: Feodosija
Annenskaja ul., Datscha Redlich
an Marina Iwanowna Efron

P.S. Vom Herbst an werde ich in Moskau sein.
Ich möchte Ihnen noch einige Worte über Serjoscha sagen. Er ist sehr kränklich. Mit sechzehn erkrankte er an Tuberkulose. Jetzt ist der Krankheitsverlauf zum Stillstand gekommen, aber der allgemeine Gesundheitszustand liegt um vieles unter dem Durchschnitt. Wenn Sie wüßten, was für ein leidenschaftlicher, hochherziger und tiefsinniger junger Mann er ist! Ich zittere unablässig um ihn. Bei der kleinsten Aufregung steigt seine Temperatur, er ist ein einziges fieberhaftes Verlangen nach allem. Wir begegneten uns, als er siebzehn war und ich achtzehn. Nach drei – oder fast drei – Jahren des Zusammenlebens gibt es nicht einen Schatten des Zweifels aneinander. Unsere Ehe ähnelt bisher keiner gewöhnlichen Ehe, so daß ich mich nicht verheiratet fühle und mich überhaupt nicht verändert habe – ich liebe die gleichen Dinge und lebe genauso wie mit siebzehn Jahren.
Wir werden uns niemals trennen. Unsere Begegnung ist ein Wunder. Ich schreibe Ihnen das alles, damit Sie an ihn nicht wie an einen Fremden denken. Er ist mir der am meisten Vertraute für mein ganzes Leben. Ich könnte niemals einen anderen lieben, in mir ist ziemlich viel Melancholie und Protest. Nur an seiner Seite kann ich so leben, wie ich lebe – völlig frei.
Niemand – fast niemand! – von meinen Freunden versteht meine Wahl. Wahl! Mein Gott, als ob ich gewählt hätte!
Nun, jetzt schließe ich. Wenn Sie Asja, Serjoscha und mich sehen, wie wir einander sehr unähnlich – sehr ähnlich sind, werden Sie alles verstehen.

Und es wird diese Begegnung geben!
Unendlichen Dank für alles!

2

Feodosija, 8. April 1914,
3. Ostertag

Lieber Wasilij Wasiljewitsch,
alles ist so voller Freude, so eine Sonne, so ein kalter Wind! Ich bin über den breiten Gartenweg gelaufen, an den dünnen Akazienstämmen vorbei, der Wind zauste meine kurzen Haare, ich fühlte mich so leicht, so frei.
Als ich am Tisch saß, nahm ich sogleich den Federhalter in die Hand und weiß aber noch nicht, worüber ich schreibe werde. – Eben ist Alja in ihrem hell-gelb-blond-lockigen Mantel gekommen, hat ihre riesigen hellblauen Augen zu mir erhoben und gesagt: „Auf Wiedersehen", dann wurde sie nachdenklich und fügte mit engelsgleichem Lächeln hinzu: „i-a" (den Eselsschrei).
Ich schreibe Ihnen über Papa[1]. Er hat uns sehr geliebt, hielt uns für „talentiert, begabt, aufgeweckt", entsetzte sich aber über unsere Faulenzerei, unsere Selbständigkeit, unsere Verwegenheit, unsere Liebe zu dem, was er „exzentrisch" nannte (ich war mit sechzehn in Napoleon verliebt und stellte sein Porträt in den Vitrinenschrank – es gab viele solche Dinge!). Asja war acht, ich zehn, als wir ins Ausland fuhren, bei Mama[2] war Lungentuberkulose festgestellt worden. Drei Jahre lebten wir ständig im Ausland, Mama, Asja und ich: das erste

Jahr alle zusammen in Nervi bei Genua, dann fuhr Papa nach Rußland, Asja und ich kamen nach Lausanne in ein Pensionat, und Mama blieb ein zweites Jahr in Nervi. Von Lausanne siedelten wir – Mama, Asja und ich – in den Schwarzwald um. Den Sommer verbrachten wir mit Papa. Den folgenden Winter über waren Asja und ich in einem deutschen Pensionat in Freiburg[3], Mama lebte in unserer Nähe. Im Februar erfolgte bei ihr ein weiterer Krankheitsschub (nachdem die Krankheit in Nervi vollständig zum Stillstand gekommen war), und sie fuhr in ein Sanatorium im Schwarzwald.

Den Winter 1905/06 verbrachten wir in Jalta. Es war Mamas letzter Winter. Im März begann sie Blut zu husten, überhaupt nahm die Krankheit, die lange unbemerkt geblieben war, einen grausam schnellen Verlauf. – „Ich will nach Hause, ich will in die Trjochprudnyj!" (-Gasse, dort stand unser Haus). Mama starb am 5.Juli 1906 in Tarusa im Gouvernement Kaluga, wo wir unsere ganze Kindheit über den Sommer verbracht hatten. Ihren Tod hat sie klar vorausgesehen. „Jetzt beginnt die Agonie." Am Tag vor ihrem Tod sagte sie zu Asja und mir: „Zu denken, was für Dummköpfe euch als Erwachsene sehen werden, und ich..." Und dann: „Mir tut es nur leid um die Musik und um die Sonne!" Drei Tage vor ihrem Tod litt sie entsetzlich, schlief keine Minute.

– „Mama, du solltest etwas schlafen"...

– „Im Grab kann ich genug schlafen!"

Mama war einzige Tochter. Ihre Mutter stammte aus einer polnischen Familie und starb mit 26. Großvater weihte Mama, die nach dem Tod ihrer

Mutter noch ein ganz kleines Kind war, sein ganzes Leben. Mamas Leben verlief zwischen Großvater und einer schweizerischen Gouvernanten – ein verschlossenes, phantastisches, schmerzliches, unkindliches, von Büchern bestimmtes Leben. Mit sieben Jahren kannte sie Weltgeschichte und Mythologie, schwärmte für Helden und spielte begnadet Klavier. Befreundete Kinder gab es fast nicht, bis auf ein Mädchen, das an Schwester Statt für sie ins Haus genommen wurde. Aber dieses Mädchen war charakterlos, und Mama, die es sehr gern hatte, war trotzdem allein. Ihr Vater – Alexander Danilowitsch Mejn – vergötterte sie ihr ganzes Leben lang. Und er vergötterte sie. Nach dem Tod seiner Frau gab es keine Verbindung, keine Begegnung, derentwegen Mama den Blick hätte vor ihm senken müssen, als sie heranwuchs und begriff.

Mamas Jugend war, wie ihre Kindheit, einsam, schmerzlich, rastlos, tief-verschlossen. Ihre Helden: Wallenstein, Possart, Ludwig II. Eine Fahrt in einer Mondnacht über die Oder, wo er umgekommen ist. Von ihrer Hand gleitet ein Ring – das Wasser nimmt ihn auf – das war ihre Verlobung mit dem toten König. Als Rubinstein ihr die Hand gedrückt hatte, legte sie zwei Tage lang nicht die Handschuhe ab. Die Dichter Heine, Goethe, Schiller, Shakespeare. – Mehr ausländische als russische Bücher. Eine – rein-kindliche – Abneigung gegen Zola und Maupassant, überhaupt gegen die ihr so fernen französischen Romane. Der ganze Geist der Erziehung war deutsch. Rausch der Musik, ein ungewöhnliches Talent (ein solches Kla-

vier- und Gitarrenspiel habe ich nie mehr gehört!), Sprachbegabung, ein glänzendes Gedächnis, ein ausgezeichneter Stil, Gedichte in Deutsch und Russisch, Beschäftigung mit der Malerei. Stolz, oft für Sprödigkeit gehalten, Schamhaftigkeit, Zurückhaltung, Unfreundlichkeit (äußere), unbändige Leidenschaft für die Musik, Schwermut. Mit zwölf Jahren begegnete sie einem jungen Mann – er hieß Serjoscha E. (seinen Familiennamen kenne ich nicht, die Initialen sind die meines Serjoschas!). Er war zweiundzwanzig. Sie ritten in Mondnächten zusammen aus. Als sie sechzehn war, begriff sie und begriff er, daß sie einander liebten. Doch er war verheiratet. Scheidung hielt Großvater für eine Sünde.
– „Du und die Kinder, wenn es welche geben wird, – ihr werdet mir nahe bleiben. Er existiert für mich nicht.“ Mama liebte Großvater sehr und willigte nicht ein, unter solchen Bedingungen zu heiraten. Serjoscha E. reiste irgendwohin weit fort. Sechs Jahre lebte Mama in Kummer um ihn. Verbeugungen von weitem im Konzert, zwei Briefe, – das war alles! – nach den ganzen sechs Jahren. Die Tante (die Schweizer Gouvernante, mit der Großvater keine Verbindung hatte) vergötterte Mama, konnte aber nichts tun.
Großvater schwieg alles tot.
Mit 22 heiratete Mama Papa, mit dem aufrichtigen Ziel, seinen verwaisten Kindern – Walerija war acht[4], Andrej[5] ein Jahr – die Mutter zu ersetzen. Papa war damals 44. Sie liebte ihn unendlich, litt jedoch in den ersten zwei Jahren entsetzlich an seiner nicht erloschenen Liebe zu W. D. Ilowajskaja[6].

– „Wir haben uns an ihrem Grab trauen lassen", schreibt Mama in ihrem Tagebuch. Sie litt sehr auch unter Walerija, wobei sie sich bemühte, dieses ihr geistig völlig fremde achtjährige Mädchen, das seine verstorbene Mutter vergötterte und ihre „Stiefmutter" hart zurückstieß, an sich zu gewöhnen.
Es gab viel Kummer! Mama und Papa waren völlig ungleiche Menschen. Jeder hatte seine Wunde im Herzen. Bei Mama waren es Musik, Gedichte und Melancholie, bei Papa die Wissenschaft. Ihre Leben flossen dahin, ohne sich zu vereinen. Aber sie mochten einander sehr. Mama starb mit 37 Jahren, unbefriedigt, unversöhnt, ohne einen Geistlichen gerufen zu haben, obwohl sie es nicht ausdrücklich abgelehnt hatte und die Zeremonie sogar liebte.
Ihre zerquälte Seele lebt in uns, erst wir entdekken das, was sie verborgen hat. Ihre Rastlosigkeit, ihre Leidenschaft, ihr Verlangen wurde in uns zum Schrei.
– Papa liebte uns sehr. Wir waren zwölf und vierzehn, als Mama starb. Zwischen vierzehn und sechzehn begeisterte ich mich für die Revolution, mit sechzehn verliebte ich mich in Napoleon I. und Napoleon II., lebte ein ganzes Jahr ohne Menschen, allein in meinem kleinen Zimmerchen, in meiner riesigen Welt.
Doch über diese Phase soll Ihnen Asja schreiben.
Ich werde Ihnen über Papa schreiben.
Er starb am 30. August 1913 an einer altersbedingten Herzkrankheit, die in den letzten Jahren in Erscheinung getreten war. Das allerletzte Jahr bekam er unsere Liebe zu spüren, früher hat er sehr unter uns gelitten, da er überhaupt nicht wußte, was er

mit uns tun sollte. Als wir heirateten, machte er sich große Sorgen um uns. Er kannte weder Serjoscha noch Boris[7]. Serjoscha gewann er dann lieb, nachdem er dessen Wunsch nach höherer Bildung Glauben schenken konnte, – das war für ihn die Hauptsache. Er kannte Serjoscha und Boris ebenso wenig wie alle anderen Menschen und hatte keine Ahnung, wer die, die wir liebten, waren.

Alja und Andrjuscha[8] hat er sehr geliebt, hat viel Freude an ihnen gehabt und hat, wie wir später erfuhren, allen von ihnen erzählt. Aber er hat sie gesehen, als sie noch ziemlich klein waren, unter einem Jahr. Wie ungeheuer schade! Wie seltsam! Ich werde Ihnen das erzählen. Ich kam am 15. August nach Moskau, um das Haus (Serjoschas und meines) zu vermieten. Papa war auf einem Gut bei Klin, wo er jeden Sommer unter wunderbaren Bedingungen verbrachte. Am 22. [gingen wir – B. E.] zusammen zu Mjur[9] – er wollte mir etwas schenken. Ich suchte mir ein zotteliges Plaid aus Plüsch aus – auf der einen Seite braun, auf der anderen goldfarben. Papa war ungewöhnlich lieb und freundlich.

Als wir über den Theaterplatz gingen, der von Blumen leuchtete, blieb er stehen, wies mit der Hand auf eine Gruppe Malven und sagte dünn und traurig: „Erinnerst du dich, bei uns auf der Datscha waren auch Malven." Mir krampfte sich das Herz zusammen. Ich wollte ihn zum Bahnhof begleiten, doch er wollte nicht: „Wozu? Wozu? Ich muß noch ins Museum."

– Mein Gott, plötzlich ist es das letzte Mal? – dachte ich und, um mir selbst nicht zu glauben, setzte ich einen Tag – den 29. – fest, an dem Asja und ich zu ihm auf die Datscha kommen würden. Am 27. nachts brachten sie ihn bereits halbtot von der Datscha her. Der Arzt sagte, daß 75% der Kranken bereits während des Transports gestorben wären. Ich erkannte ihn nicht, als ich hereinkam: ein ganz weißes abgemagertes Gesicht. Er begrüßte mich sehr zärtlich, überhaupt war er die ganze Zeit zärtlich und vertraulich, fragte mich nach dem Haus, diktierte mit erstickter Stimme einen Brief an einen ihm (bekannten) nahestehenden jungen Kollegen. Er sprach überhaupt die ganze Zeit, obwohl er kein Wort hätte sprechen dürfen. Er sprach über Serjoscha, über dessen Studien, über dessen Gesundheit, über Alja, über Andrjuscha – „ich möchte für jeden zehntausend erarbeiten" –, von seiner Krankheit sagte er, die Ärzte hätten sie „aufgebauscht", und er machte Pläne für seine nächsten Vorlesungen. Er sagte irgend etwas vom Museum, – Asja fragte nach – „Ja, das Rumjanzew-Museum, aus dem ich verjagt worden bin!"[10]

Er blieb noch zweieinhalb Tage am Leben. Die ganze Zeit über sprach er über die alltäglichsten Dinge, bat uns, schlafen zu gehen, uns nicht zu überanstrengen, er fragte nach dem Wetter.

Ich erzählte irgend etwas vom Schloß in Feodosija. „Jetzt ist die Zeit der feudalen Schlösser vorbei, – das Jahrhundert des Arbeitsmenschen hat begonnen!"

Einen Tag – weniger! – vor seinem Tod fragte er mich:

„Und ... wie ... ist sie, deine ... Plüschdecke?"

Mein Gott!

Am letzten Tag war er fast ohne Bewußtsein. Er starb um 1:45 mittags. Andrej und ich waren in seinem Zimmer. Er rang sehr nach Atem, die Atmung setzte jede Minute für 20 Sekunden aus. Er atmete stoßweise und sehr laut: „Ach! Ach!"
Vom ersten bis zum letzten Augenblick kam er nicht einmal auf die Möglichkeit seines Todes zu sprechen. Er starb ohne Geistlichen. Deshalb denken wir, daß er tatsächlich nicht gesehen hat, daß er sterben würde, – er war religiös. – Nein, das ist ein Geheimnis. Jetzt werden wir nie mehr erfahren, ob er den Tod gefühlt hat oder nicht.
Sein Ende war für mich völlig verblüffend: stilles Heldentum, – so bescheiden! Gott, mir ist zum Weinen zumute! Wir alle: Walerija, Andrej, Asja und ich waren in den letzten Tagen alle durch irgendein Wunder bei ihm: W. [Walerija – B.E.] war aus dem Ausland gekommen, ich zufällig aus Koktebel (um das Haus zu vermieten), Asja zufällig aus dem Gouvernement Woronesch, Andrej zufällig von der Jagd.
Papa hatte bei seinem Begräbnis ein wunderbar helles Gesicht. Einige Tage vor seiner Krankheit gingen bei ihm 1) ein Glasschrank, 2) eine Leuchte, die immer – 30 Jahre lang! – in seinem Arbeitszimmer gehangen hatte, 3) zwei Lampen, 4) ein Glas zu Bruch. Das war ein stetiges Klingen und Klirren von Glas. Ich hatte mich immer noch damit getröstet, ohne es zu glauben, daß dies „Glück bringen" sollte. Es war das Vorzeichen seiner Krankheit.
– Nun, ich schließe. Behalten Sie Asja und mich lieb, wir empfinden eine zärtliche Liebe zu Ihnen.

Jemand hat mir gesagt, daß Sie gern „unschickliche Fragen“ stellen. Stellen Sie sie nicht, dann muß man barsch antworten, es gibt Beleidigungen, und das ist für alle schmerzlich. Ich habe Ihre „Menschen der Mondwelt“[11] gelesen, es war wunderbar und zauberhaft für mich, aber im „Einsamen“ sind Sie ein anderer, lieb, vertraut, ganz unser. Seien Sie so mit uns und stellen Sie keine „Fragen“, auf die man nicht antworten kann.
– Wozu? Sollen andere sie beantworten! – Ich habe mir „Abgefallene Blätter“[12] gekauft. Wie gut, daß Photographien darin sind!
Auch unsere Photos werden wir schicken.
Lieber, lieber Wasilij Wasiljewitsch, gerade geht die Sonne unter. Noch kann ich erkennen, was ich schreibe. Auf dem Fenster steht ein großer Strauß wilder Tulpen. Im Nachbarzimmer wird Alja schlafen gelegt. Ins geschlossene Klappfenster gräbt sich der Wind hinein und bewegt die Haare auf dem Kopf. Ich bin allein zu Hause. Bald wird Serjoscha kommen. Wir haben „Abgefallene Blätter“ gekauft, und wenn wir uns sehen, werden Sie es uns signieren. Hören Sie, seien Sie nicht verärgert, daß wir von all Ihren Büchern nur den „Einsamen“ kennen, – sind wir etwa das Publikum? Asja hat z.B. bis heute noch nicht den Don Quichote gelesen, und ich habe erst in diesem Jahr den „Helden unserer Zeit“ gelesen, obwohl ich im Gymnasium Aufsätze darüber geschrieben habe.
Eine rührende Sache: der Direktor des hiesigen Jungengymnasiums liebt Sie sehr, sein Handbuch ist Ihre Abhandlung über den Großinquisitor. So-

gar in einem so ablegenen Winkel wie Feodosija kennen Sie viele, das sage ich mit Bestimmtheit.
Überhaupt: Sie können abstoßend schreiben (Ihre „Menschen der Mondwelt"), aber niemals untalentiert. Sie sind verblüffend – klug. Sie sind genial-klug und genial feinfühlig. Ihr „ärgert euch nicht" mit Gedankenstrich.
O Gott, uns stiegen die Tränen in die Augen, als wir diesen Gedankenstrich sahen.
– „Marina, er hat sie selbst gesetzt!"
Nur über solche Dinge kann ich weinen.
– Ach, komisch! Neulich zeigte mir jemand zwei Personen in einer Zeitschrift und hielt die Bildunterschriften zu:
„Wer ist das? Was hat er für einen Charakter, was müßte er sein?"
– „Direktor eines Gymnasiums, – auf jeden Fall ein Pädagoge. Ein trockener, schlauer Mensch"...
Die Hand, die die Unterschrift verdeckt hatte, wurde zurückgezogen.
Alle ringsum lachen.
Ich lese „Wasilij Wasiljewitsch Rosanow!"
In dieser Minute beugt sich Asja herab und küßt die Photographie.
Ringsherum haltloses Lachen.
Schicken Sie mir Photos von sich – unbedingt! – unbedingt mit Unterschrift und unbedingt zwei.
Sie lassen sich ja leicht „kopieren" – (Ach, ich kann es nachfühlen, es ist entsetzlich, Bücher fortzuschicken! Was für ein Alptraum!)
Nun, es wird Zeit zu schließen. Alles, alles Beste. Ich drücke Ihnen fest beide Hände. Werden Sie im Winter in Moskau sein? Asja gedenkt im Herbst

nach Paris zu fahren – für den ganzen Winter, vielleicht für das ganze Jahr. Serjoscha und ich werden in Moskau sein. Schreiben Sie!

ME

P.S. Mir fiel plötzlich ein, wie unsinnig es war, Ihnen zu Ostern eine Visitenkarte mit Grüßen zu schicken!

3

Feodosija, 18.April 1914, Freitag

Lieber, lieber Wasilij Wasiljewitsch,
am 5. Mai beginnen Serjoschas Examina für die Reifeprüfung. Er lernt bis 17 Uhr jeden Tag, ist erschöpft und abgemagert bis zum Äußersten. Er ist ziemlich gut vorbereitet, doch die Externen werden mit höllischer Strenge behandelt. Wenn er durchfällt, kann er im Herbst zu den Soldaten genommen werden, trotz seiner angegriffenen Lunge, seiner Herzkrankheit und seiner schmalen Brust. Dann ist er verloren.
Der Direktor des hiesigen Gymnasiums betet Sie an, er zeigte mir selbst Ihren „Großinquisitor“[1], verziert mit Anmerkungen: „erstaunlich“, „genial“ usw. Wir unterhielten uns über eine Stunde, ich gab ihm das „Einsame“, am selben Abend sollte er bei irgendeiner Versammlung ein Referat über Ihr Werk halten. So hören Sie: Schicken Sie ihm, sobald Sie meinen Brief erhalten haben 1) „Abgefallene Blätter“ mit einer lieben Widmung, 2) einen Brief zu Serjoschas Examina, über Ihre Bekanntschaft mit Papa und – wenn Sie wollen – über

uns. Der Brief sollte herzlich, lieb, „ergriffen" von seiner Liebe zu Ihren Büchern sein, – aber doch nicht inoffiziell. Schreiben Sie über Serjoschas Krankheit (der Direktor hat Bescheinigungen von einigen Sanatorien), über seinen Wunsch, auf die Universität zu gehen, überhaupt – heben Sie ihn in den Himmel.

Über die Möglichkeit, daß Serjoscha in den Militärdienst eintreten müßte, schreiben Sie nichts.

Der Direktor wird vor Begeisterung den Verstand verlieren, wenn er Brief und Buch erhalten hat. Sie sind für ihn ein Gott. Das Schicksal von Serjoschas Examina – seines Lebens – meines Lebens – liegt nahezu in Ihren Händen.

Serjoscha werde ich nichts von diesem Brief sagen, – nicht, weil ich Ihnen nicht vertraue – im Gegenteil, ich vertraue Ihnen voll! Doch er ist in anderen Fällen mißtrauisch und jetzt besonders – wegen dieses teuflischen Unterrichts.

Papa sprach noch vor seinem Tod – einen Tag! – besorgt und rücksichtsvoll von ihm und versprach, im Frühjahr an den Direktor zu schreiben.

Ich wende mich an Sie wie an Papa.

Alles Beste, mit unbändiger Ungeduld warte ich auf Antwort und frohlocke schon im voraus.

Der Name Serjoschas: Sergej Jakowlewitsch Efron.

Der Name des Direktors: Sergej Iwanowitsch Belzman.

Belzman!!!

Um Gottes willen, bringen Sie nichts durcheinander!

Meine Adresse: Annenskaja ul., Datscha Redlich.

Die Adresse des Direktors:

Feodosija, an den Direktor des Jungengymnasiums
Sergej Iwanowitsch Belzman.

P.S. Der Direktor hat Papa selbst gekannt und sehr rührend von ihm gesprochen. Ich saß ungefähr drei Stunden bei ihm, aß Apfelsinen, sprach über das „Einsame“ und sah mir alle Puppen seiner dreijährigen Tochter an – 60 insgesamt. Das alles aufrichtig und mit Vergnügen. Er ist ungeheuer lieb.

Anmerkungen

Brief 1:
Wie aus all dem zu schließen ist, hat „Asja", die Schwester Marinas, Anastasija Iwanowna (geb. 1894), den Briefwechsel mit Rosanow begonnen.
A. I. Zwetajewa schrieb eine umfangreiche Autobiographie über ihre Kindheit und Jugend: *Erinnerungen*, Moskau 1971, 527 S. Briefwechsel oder Bekanntschaft mit Rosanow werden darin nicht erwähnt.

1 *Das Einsame*, „fast als Manuskript", erschienen 1912. Das Buch feierte Rosanows Rückkehr zum Christentum und zeichnete sich durch eine neue Manier des Schreibens aus – kurze Abschnitte, Aphorismen –, in der sein literarisches Talent in seiner ganzen Kraft erkennbar wurde. Die Forschung vermerkt einen zweifellos vorhandenen Einfluß der Rosanowschen Manier des Schreibens auf die Prosa Zwetajewas, doch dieses Thema verdient eine genaue stilistische Analyse.

2 Baschkirzewa, Marija Konstantinowna (11. 11. 1860 bei Poltawa – 31. 10. 1884 in Paris), russische Malerin und Memoirenautorin. Sie wurde in einer reichen Adelsfamilie geboren. Von 1870 an lebte sie im Ausland. Ihr französisches Tagebuch (Journal de Marie Bashkirtseff, 1887, russische Ausgabe 1893), das genaue Portraits ihrer Zeitgenossen enthält und die komplizierte seelische Welt der Malerin selbst wiedergibt, erfreute sich eines ungeheuren Erfolgs. „Dem lichten Andenken der Marija Baschkirzewa" ist das erste Buch der Zwetajewa *Abendalbum* (1910) gewidmet.
Über die Baschkirzewa schriebt W. Rosanow in seinem Buch *Das Einsame*:
„Das Geheimnis ihrer Leiden liegt darin, daß sie bei ihrem erstaunlichen *geistigen* Glanz in allem sonst nur halbe Talente besaß. Sie war weder Malerin, noch Gelehrte, noch Sängerin, obwohl sie Sängerin *und* Malerin *und* – dies war ihr größtes und fiel ihr am leichtesten – Gelehrte war (Studium der Linguistik). Und sie verblaßte immer mehr, verblaßte *unaufhaltsam*..." (W. Rosanow, Isbrannoje, München 1970, S.17).

3 Der Band *Aus zwei Büchern* erschien 1913.
Die *Gedichte* über die Baschkirzewa wurden wegen des Krieges nicht mehr gedruckt. Der nächste Band Zwetajewas, *Werstpfähle*, erschien 1922 in Moskau.
4 Zwetajewa lernte den siebzehnjährigen Gymnasiasten Sergej Jakowlewitsch Efron 1911 bei den Woloschins kennen. Die Hochzeit fand 1912 statt. Trotz des gegenseitigen Unverständnisses, das in der Emigration zutage trat, trennte sich Zwetajewa nicht von ihrem Mann und kehrte zum Teil seinetwegen – zu ihrem eigenen Verderben – nach Rußland zurück. S. Karlinsky schreibt in seiner Monographie über die Zwetajewa, die Hochzeit Marina Iwanownas habe eine Katastrophe für ihren Vater bedeutet, dem die jüdische Abstammung Efrons und auch seine Jugend nicht zusagten. (S. Karlinsky, Marina Cvetaeva. Her Life and Art, 1966, S. 34).
5 Mit diesem Brief schickte M. Zwetajewa Rosanow die folgenden fünf Gedichte: „So viele von ihnen sind schon in diesen Abgrund gefallen", „Zärtlich, wütend und lärmend sein", „Ich widme diese Zeilen", „Du gehst, der du mir ähnlich bist", „Für Alja (meine Tochter)".

Brief 2

1 Iwan Wladimirowitsch Zwetajew (1846-1913), Sohn eines Dorfgeistlichen, bekannter Philologe und Kunstwissenschaftler, Professor der Moskauer Universität, Direktor des Rumjanzew-Museums, Begründer des Museums der Schönen Künste (heute Puschkin-Museum für Bildende Kunst). M. Z. widmete ihrem Vater zu seinem 20. Todestag eine Reihe von Essays unter dem gemeinsamen Titel *Mein Vater und sein Museum*, die teilweise in der Pariser Zeitschrift *Wstretschi* (Begegnungen) 2, 1934, S. 69-72 (unter dem Titel *Die Eröffnung des Museums:* veröffentlicht in der Sammlung *Prosa*, New York 1955, S. 96-101) und gekürzt in der Zeitschrift *Prostor* (Raum), Alma-Ata, X, 1965, S. 36-42) veröffentlicht wurden. 1936, am Vorabend des 25. Jubiläums der Museumseröffnung übersetzte M. Z. diese Essays ins Französische und ergänzte sie durch Erzählungen, die unmittelbar in französischer Sprache geschrieben sind. Unlängst veröffentlichte A. Efron diese Serie von Essays

(*Der Efeuturm, Der Bräutigam, Charlottenburg, Die Uniform, Der Lorbeerkranz* – die letzten drei in der Übersetzung des unveröffentlichten französischen Originals) in der Zeitschrift *Swesda* (Stern) 10, 1970, S.162-173.

2 Marija Alexandrowna Mejn (1868-1906). M. Zwetajewas Essay *Mutter und die Musik* ist ihr gewidmet (*Sowremennye sapiski* [Zeitgenössische Annalen], LVII).

3 Pensionat Brink, das in allen Einzelheiten von A. I. Zwetajewa beschrieben wird (a.a.O., S.180-186). Dort findet der Leser auch Einzelheiten über den Winter 1905-1906 in Jalta und über die Sommer in Tarusa.

4 Walerija Iwanowna Zwetajewa (1883-1966), Stiefschwester Marina Zwetajewas. Vgl. über sie die Briefe M. Zwetajewas an W. N. Bunina vom 5. Mai 1928 und vom 19. August 1933.

5 Andrej Iwanowitsch Zwetajew (1890-1933), Stiefbruder M. Zwetajewas, Kunstwissenschaftler.

6 W. D. Ilowajskaja, die erste Frau I. W. Zwetajews. Vgl. Essay *Das Haus des Alten Pimen.*

7 Boris Sergejewitsch Truchatschew (1893-1920), der erste Mann A. I. Zwetajewas.

8 Andrjuscha – Sohn B. Truchatschews und A. Zwetajewas.

9 „Mjur und Merilis“, Geschäft in Moskau, benannt nach den Familiennamen der Eigentümer. Diesen Gang zu Mjur und den Kauf des Plaids erwähnt M. Zwetajewa in einem Brief an W. N. Bunina.

10 1909 wurde der symbolistische Kritiker Ellis (Lew Kobylinskij), ein enger Freund I. Zwetajews, des Diebstahls wertvoller Gegenstände aus dem Rumjanzew-Museum verdächtigt. Obwohl die Anschuldigung wegen unzureichender Beweise fallengelassen wurde, wurde I .Zwetajew seines Postens als Direktor des Rumjanzew-Museums enthoben.

11 *Die Menschen der Mondwelt.* Metaphysik des Christentums. Erschienen 1911. In diesem Buch erörtert W. Rosanow Fragen der Wechselbeziehung zwischen Geschlecht und Religion. In der Art der Darstellung und auch in seinem Geist unterscheidet sich das Buch völlig vom *Einsamen.*

12 Die Rede ist hier vom „ersten Haufen“, erschienen 1913. Das Buch ist in der gleichen Manier wie *Das Einsame* geschrieben.

...Ihr Buch über Italien: Italienische Impressionen, erschienen 1909.

Brief 3

1 *Die Legende vom Großinquisitor* von F. M. Dostojewskij. Versuch eines kritischen Kommentars. Die erste Ausgabe erschien 1894 und machte den Autor allgemein bekannt. 1909 erschien die dritte Ausgabe unter Hinzufügung eines Essays über Gogol.

Quelle: *Neisdannyje pisma* (Unveröffentlichte Briefe), Hrg. G. u. N. Struve, Paris 1972, S. 21-39.

Briefe
an
Lann

Die Briefe Marina Zwetajewas an Jewgenij Lann (Hrg. W. M. Wolosow, Moskau, I. W. Kudrowa, Leningrad)

Jewgenij Lwowitsch Lann (literarisches Pseudonym für J. L. Losman), Lyriker, Prosaist und Übersetzer, wurde 1896 in Charkow geboren, er absolvierte die juristische Fakultät der Charkower Universität mit dem Schwerpunkt Rechtsphilosophie. Kurze Zeit arbeitete er in einem Kollegium von Rechtsanwälten, danach gab er seine juristische Tätigkeit für immer auf und widmete sich seiner literarischen Arbeit. Seine Gedichte veröffentlichte er nicht. 1925 plante er die Herausgabe einer Sammlung seiner Gedichte, dieser Plan wurde jedoch nicht verwirklicht.

Lann ist Autor einiger literaturkritischer Arbeiten: „Joseph Conrad" (1924), „Das schriftstellerische Schicksal Maximilian Woloschins" (1926), „Literarische Mystifikation" (1930). Von ihm stammen eine Dickens-Biographie im belletristischen Stil (1946) und zwei historische Romane „Gwardija Mak Kumgala" (1938) und „Staraja Anglija" (1943). Letzterer wurde ins Englische übersetzt und fand beim englischen Leserpublikum Anklang (im Mittelpunkt des Romans steht Jonathan Swift, das England in der Zeit des Krieges um die spanische Thronfolge).

Lann war ein unermüdlicher Übersetzer. Er übersetzte Smolet, Hardy, Conrad, Oldington, Crane, Lawson, Dos Passos und besonders viel Dickens. Und er übersetzte nicht nur, er kommentierte und

redigierte auch fremde Übersetzungen. Unter seiner Leitung erschien eine dreißigbändige Ausgabe der Werke Dickens' in russischer Sprache.
An vielen Übersetzungen arbeitete er gemeinsam mit seiner Frau Alexandra Wladimirowna Kriwzowa, einer ebenfalls bekannten Übersetzerin. Zwischen den Ehepartnern bestand eine tiefe geistige Bindung, und sie hatten einst einander geschworen, gemeinsam aus dem Leben zu gehen. Und als Alexandra Wladimirowna schwer erkrankte, wurde dieser Beschluß in die Tat umgesetzt: am 29. September 1958 nahmen sich beide im Alter von 62 Jahren das Leben.
Die Originale der Briefe M. I. Zwetajewas hinterließ Lann W. M. Wolosow mit der Weisung, nach seinem Ermessen über sie zu verfügen. W. M. Wolosow war mit Lann und seiner Frau während der letzten zehn Jahre ihres Lebens bekannt und hatte sie als Menschen von außerordentlicher Güte und Klugheit, hoher Kultiviertheit in bester Erinnerung.
Alle Briefe sind nach Charkow, Jeparchialnaja uliza, 3, Narkomjust, Abteilung Gesetzesveröffentlichung, Jewgenij Lwowitsch Lann adressiert. Der erste Brief ist auf den 6. Dezember (Zwetajewa datierte in jener Zeit nach dem alten, von ihr als „russisch" bezeichneten Stil) 1920 datiert, der letzte auf den 10. September 1921.
Bei der Lektüre dieser Briefe wird unwillkürlich klar, daß die frühe Prosa Zwetajewas aus ihren Tagebuchaufzeichnungen entstanden ist. In den Briefen an Lann finden wir eine Mischung von Brief, Tagebuchaufzeichnung und echter Prosa vor. Hier gibt es inhaltlich vollendete Episoden

(mindestens drei), stilistisch deutlich zusammenhängende Szenen, großartige Dialoge. Humor und Witz mischen sich mit sehr ernsten und tiefen Bekenntnissen, die Zwetajewa als Mensch und Dichter von einer völlig neuen Seite zeigen. „Mich kann man nur auf der Allgegenwärtigkeit von allem führen", schrieb Zwetajewa sehr viel später, 1937, an Jurij Iwask, im Bemühen beim Verständnis ihres Werkes zu helfen: doch eben diese Worte sind auch für das Verständnis ihrer klaren und außergewöhnlich originellen Persönlichkeit überaus wichtig.

Die ständige angespannte Sorge um das Schicksal ihres Mannes, der ohne Nachricht verschwunden war, ist das Leitmotiv, das in den Briefen an Lann durchbricht, nur selten zwar, jedoch ist es jedes Mal in seiner inneren Sättigung erstaunlich, – daneben die seelischen Stürme, die ganz mit anderen Menschen verbunden sind, und Bekenntnisse, die aus dem Mund der Zwetajewa ungewohnt klingen, wie „ich muß mich freuen, um leben zu können..." Eine Reihe der verschiedensten Begegnungen – und in denselben Tagen, im Brief an einen anderen Adressaten, die Schwester Anastasija Iwanowna: „Ich bin sehr einsam, obwohl ich ganz Moskau kenne..."[1] Im selben Brief an die Schwester findet sich freilich eine wie zu sich selbst gesprochene partielle Erklärung: im Umgang mit müde gewordenen Menschen, schreibt Zwetajewa, „ist es mir mit meinem Pulver peinlich – und ihnen befremdlich." Das „Pulver" Zwetajewas ist in der Korrespondenz mit Lann sehr überzeugend repräsentiert. Vielleicht sind jedoch in diesen Briefen die Bekenntnisse das Wertvollste, von denen eines schon im ersten Brief abgelegt wird: „Schöpferischen Dank!“ – schreibt Zwetajewa dem eben abgereisten neuen Freund in der Vorahnung, daß dieser seelische Höhenflug, den sie bei ihren Begegnungen erlebte, in einen schöpferischen übergehen und in ihre Gedichte einfließen würde. Tatsächlich erweist sich der Dezember als fruchtbar – eine ganze Reihe von ausgezeichneten Gedichten entsteht, darunter insbesondere „Ich weiß, ich sterbe bei Dämmerung...“, das Pasternak so beeindruckt hat. Und sofort danach – das Poem „Auf rotem Roß“, das in nur fünf Tagen geschrieben wurde. In der Folge entstehen Kapitel des Poems „Jegoruschka“, das zweifellos innere Verbindungen mit einem der Helden der vorliegenden Briefe, mit Boris Bessarabow, hat.

In den Briefen an Lann sehen wir auch die Zwetajewa der Enstehungszeit der Zyklen „Der Schüler“ (April 1921) und „Trennung“ (Mai-Juni desselben Jahres).

Das besondere Interesse der Zwetajewa-Forschung an diesen Briefen beruht darauf, daß in der Lyrik Zwetajewas aus dieser Zeit wichtige Veränderungen im Aufbau der Bilder, in der Rhythmik immer deutlicher bemerkbar werden; es verändert sich gleichsam das Timbre ihrer poetischen Stimme selbst und bereitet ihre tief tragische Lyrik der zwanziger und dreißiger Jahre vor.

W. M. Wolosow, I. W. Kudrowa
Mai 1980

1

Moskau, 6. (russ.) Dezember 1920, Sonntag
Aus dem Nest – in die Höhle

Erster Brief

Lieber Freund!
Nach Ihrer Abreise hat mich das Leben sofort – *wie grausam!* – an seine Seite genommen. Nachdem ich Ihnen mit dem Blick etwas länger gefolgt war, als Sie mit den Augen zu sehen waren, ging ich ins Haus zurück.
Bei D. A.[2] war es nett, eine neugierig-interessierte – und mir sogleich dankbare! – Person [Anm. M. Z: Dafür daß ich nach dem Abschied fröhlich war.]. Dankbar für das Lob, wurde ich doppelt so froh und ausgelassen wie bei Ihnen. Meschijewa[3] schimpfte auf die Malinowskaja[4], D. A. widersprach sanft. Alja[5] ließ sich vom Hund ziehen, A. D. von Alja. Dann gingen Meschijewa und ich nach Hause, ich bewahrte sie vor den Schlaglöchern, sie mich vor den Autos.
„Sie haben mit Lann eine enge Freundschaft geschlossen?" – „Ja, er ist ein großer Dichter und ein noch größerer Mensch. Ich werde ihn vermissen".
„Gefallen Ihnen seine Gedichte?" „Nein. Ein Vulkanausbruch kann einem nicht gefallen. Doch – ob ich will oder nicht – die Lava fließt und verbrennt mich."
– „Er stand in Charkow sehr unter dem Einfluß Tschurilins[6]."
„Eine verwandte Gattung. – Beide verzehrt. – Verzehrend."

Nachdem wir miteinander ein Treffen für Montag vereinbart hatten (wenngleich ich sie auch nicht liebgewinnen werde, sie ist allzu streng, selbstsüchtig und kalt!), trennten wir uns.
Zu Hause brachte ich Alja zu Bett. – Ja, warten Sie! – Im Hinaufgehen begriff ich plötzlich: kein Dachboden und keine Höhle, – ein Nest. Und ich wäre vollkommen glücklich gewesen mit der Bezeichnung, wären Sie neben mir, um sie zu würdigen.
– Nachdem ich diese Nesthaftigkeit erkannt hatte, gab ich mich damit zufrieden und ging zum Übernachten in ein anständiges Haus, – zu einer Bekannten, der Skrjabina[7]. Dort waren nur Frauen, sie sprachen über Spiritismus und Somnambulismus, ich lag auf einem riesigen Bären ohne zuzuhören, stritt, stimmte zu und schlief. In der Nacht wurde ich dreißigmal wach, rauchte, wanderte herum, weckte die Leute auf und ging ans Licht und versetzte alle in Erstaunen darüber, weshalb ich gekommen war.
– So ein Moskau kennen Sie nicht, und ich habe selbst vergessen, daß es das gibt! – Stille – porzellanhaft – Glanz und Zerbrechlichkeit. Der Himmel vollkommen rund und *ganz* rosa, auch der Schnee rosa, – und ich in Tigerausrüstung[8]. – Ich traf nicht einen Menschen. – Als ich zum Smolenskij[9] kam, beschloß ich – noblesse oblige – seinen Leichnam aufzusuchen – zu besuchen und – o Wunder! – er war nicht gestorben: ein Bauer mit Brennholz!
– „Kaufmannsfrau, kein Brennholz?" – „Sehr sogar!" Ich spannte mich mit dem Bauern ein und fuhr 4 Säcke Brennholz nach Hause. Ich gab meinen ganzen Anteil Mehl dafür – wenigstens wird es

nun nicht gestohlen, und ich werde mich beeilen, das Holz zu verbrennen. Und sofort – törichtes Mitleid: „– Nun, natürlich, – eben ist er weggefahren, und nun habe ich Holz! Und ich habe ihn mit Kälte gequält.“ (Doch als ich begriff, daß es Ihnen *jetzt* ganz gleich ist, wenn es warm ist, beruhigte ich mich sofort.)

– Um 12 Uhr mittags schicke ich Alja auf den „Hundeplatz“ (den es Ihrer Meinung nicht gibt) – in den Bund zur Rettung der Kinder, aus einem starken Verlangen heraus, und setze mich selbst hin, um jene – letzten – Gedichte zuendezuschreiben, den Dialog über dem Toten. Danach schmerzt mir der Kopf, ich lege mich auf Aljas Bett, decke mich mit Tigerfell und Decke zu, Brennholz ist da – folglich muß man auch heizen, schreckliche Kälte, der Kopf fliegt einem auseinander, als ob jemand mit einem eisernen Finger um die Lider herumfährt. – Ich schlafe. – Ich wache auf: es wird dunkel. Alja ist nicht da. Ich gehe zu Skrjabins. – Dort ist sie nicht. – Ich erinnere mich an die Zeit vor einem Jahr – der Hort, das Krankenhaus, dieses *Grauen im tiefsten Innern*[10] – ich erinnere mich auch an die letzten zwei Wochen jetzt, an meine Konzentration auf mich, meine Wut über ihre Langsamkeit, das Fehlen meiner Dankbarkeit Gott gegenüber, daß es sie gibt. Ich komme zurück, warte, lese irgendein Buch. – Es wird dunkel. – Ich kann nicht stillsitzen, hinterlasse ihr einen Zettel an der Tür, gehe zum Palast der Künste zu einem Maler. – „War Alja bei Ihnen?“ „Sie ist gerade gegangen.“ Wieder zu Hause. Die Stunden vergehen. (Es ist schon 5 Uhr) – Sie ist nicht da. –

Die Tür geht auf. W-stejn[11]. – „M. I., ich bin wegen des Stückes zu Ihnen gekommen, das ich aufführe...“ „Mir ist nicht danach. – Alja ist verschwunden. Lassen Sie mich.“ – Hartnäckig fragt er nach. Unwillig, hastig, fast grob erzähle ich. – Er geht suchen. – Ich warte.– Die Zeit vergeht. Es ist fast dunkel. Er kommt zurück. Im Palast haben sie alle gesehen: sie war bei Rukawischnikow[12] und in der Kanzlei, bei den Zigeunern[13] und im Keller, aber nirgends ist sie. Er setzt sich. – „M. I., sehen Sie diesen Dichter noch?“ – „Nein.“ – „Aber Sie werden ihm schreiben?“ – „Ich weiß nicht.“ (Erstaunen.) „Es tut mir sehr leid, daß wir damals nur so wenig sprechen konnten.“ (– Er schmeichelt sich ein! – denke ich mit Verachtung) – „Er hat mir sehr gefallen. Und haben Sie bemerkt, daß er Konenkows Paganini vollkommen ähnlich ist, – wie aus ihm gemacht!“ – Ich, angeregt: Konenkows Paganini habe ich nicht angesehen, – bin kurzsichtig, doch wie seltsam, bei der ersten Begegnung, zehn Minuten, nachdem er eingetreten war, sagte ich ihm, er sehe Paganini ähnlich. – „Das heißt, Konenkow hat Paganini richtig verstanden.“[14] „Also, wenn Sie ihm schreiben, schreiben Sie ihm folgendes. – Ich habe später an ihn gedacht. – Sein Werk – und die Deklamation – und die ganze Erscheinung... Das ist ein verrückter Mensch, verkrampft, ekstatisch. Ein Mensch, geprägt von einem schweren Leben. Mir kam folgendes Beispiel in den Sinn: als Stanislawskij einen jungen Schauspieler sieht, sagt er zu allererst zu ihm: ‚Leichter! Leichter! – So, lockern Sie die Muskeln. – Ganz frei.‘ – ‚Und das ist alles?‘ – ‚Ja,

das ist alles. Fühlen Sie: die Spannung ist weg, jetzt kommt die Befreiung. Fürchten Sie nicht, daß man Sie umsonst bezahlt!' – So denke ich über ihn. Er vertraut der Leichtigkeit nicht, – er ekelt sich vor ihr. Er häuft vorsätzlich Schwierigkeiten an. Er braucht nur unerfüllte Aufgaben. O, er hat es schwer im Leben, – umso mehr, als alles aus der Tiefe kommt, zu großem Ernst führt."
– „Sie sind nicht so... das heißt, Sie sind... scharfsinniger, als ich dachte."
– „Schade, daß Sie ihn nicht früher kennengelernt haben, ich hätte ihm Stanislawskij gezeigt. Er ist vor allem ein genialer Mensch."
(Da hat er recht.) – Dankbar, daß er „hätte ich ihm gezeigt" und nicht „hätte ich ihn gezeigt" sagte, werde ich ein wenig heiterer und bitte ihn um seine Gedichte. – Er gibt sie mir – und viele sogar. – „Aber Alja?!!" – Es ist schon 7 Uhr. (Um 12 ist sie fortgegangen.) – Er verspricht nochmals, später, wenn er nach Hause geht, im Palast suchen zu gehen. Er geht fort. Ich liege da und denke nach. Denke da an etwas. – Mein Gott, was habe ich mich damals gequält, mit dem Finger habe ich beschrieben, wo es weh tut, doch welch ein anderer Schmerz! Jener Schmerz war Luxus, ich hatte kein Recht auf ihn, doch dieser Schmerz ist lebensnotwendig, ist das, wovon man lebt, dessentwegen *man kein Recht hat zu sterben.* (Wenn Alja nicht gefunden wird!) – Alja ist Serjoscha.[15] Asja[16] ist an der Grenze, sowohl lebensnotwendig als auch Luxus. Lann ist nur Luxus, und der ganze Schmerz seinetwegen und um ihn ist Luxus, und nun straft Gott. Lann in meinem Namen, möglicherweise

auch in *seinem* Namen, doch das ging nicht – geht nicht – er braucht es nicht – er hat es schon – und selbst, wenn er es nicht hätte, würde *er* (seine Gattung) es nicht brauchen. Die Beziehung ist falsch verlaufen, ist nur zum Ende hin besser geworden, geradliniger, einen Tag vor seiner Abreise. Ich begriff: keinerlei Sorgen! Ist es kalt – erfriere, bist du hungrig – nimm, stirbst du – dann stirb, ich kann nichts dafür, tritt beiseite – galant! ohne Bitterkeit. Er braucht: einige – männliche – Schädel (Verstande), von Zeit zu Zeit – eine Analogie zur Liebe, (das grausamste Spiel zum Krallenschärfen gegen sich selbst) *oder* eine Männerfreundschaft (Theoretisieren – Pläne von Detektivbüros und die Bereitschaft, wenn nötig, füreinander zu sterben! Nur nicht ohne einander!) – oder weiblichen Zauber: Parfüm, Pelz – und keinerlei Brustkorb!
Ich dachte ohne Bitterkeit: starr und standhaft. – „Wenn beschlossen würde, sich noch einmal zu treffen – o, welch eine wundervolle Begegnung! Ich gäbe ihm genauso viel und genau das, was er braucht. – Aber – Alja?!!!"
Um 9 Uhr kam W-stejn mit Alja an der Hand, – aufgeblasen und abweisend im Bewußtsein seines ganzen Großmuts als Antwort auf meine ganze Niedertracht.
Er führte sie zu mir – verbeugte sich – und ging.
– „Alja, was hat das zu bedeuten?" – „Ich wollte den Kummer ausprobieren, – wie ein Kind ohne Mutter lebt." – „Wo warst du?" – „Ich habe den ganzen Tag in einer Schneewehe gesessen, zum Sterben hungrig." – „Hm... – Und du bist nirgends

hingegangen?“ – „Nein.“ – „Du warst nirgendwo, nirgends, nicht bei Skrjabins, nicht bei X, nicht bei Z, nicht bei den Zigeunern?“ – „Nirgends. Ich bin durch die unbebauten Gelände gegangen und habe mich gegrämt.“ – „Und wer war im Palast? Wer hat sich mit Kindern amüsiert? Wer hat beim Schachturnier zugesehen? Wer? – Wer– wer?...“ – „Marina, verzeihen Sie!“ – Wütend setzte ich sie auf einen Hocker mitten im Zimmer. „So, die Hände auf die Knie! So, nicht bewegen! Und daß *ich* mich gräme, daß *ich* denke, du seist unters Auto gekommen, und daß J. L.[17] weggefahren ist und man mich jetzt doppelt liebhaben muß – hast du daran gedacht?!“ usw., usw.

Die Tür steht sperrangelweit offen: der Maler aus dem Palast[18] (der nach dem Tod Irinas eine Serie von Beispielen für mein schlechtes Verhaltes aufdeckte) – einfach – wegen der Ähnlichkeit mit Boris[19] [Amn. M. Z.: ich verspreche mich!] (das war das erste, über das ich nach diesem ganzen Schrecklichen lächeln konnte). – „M. I., ich will zu Ihnen! Ich habe Sehnsucht nach Ihnen bekommen. Darf ich?“ (Einst sahen wir uns dreimal am Tag, jetzt haben wir uns seit Juni nicht mehr gesehen, obwohl wir Nachbarn sind.)

– „Sehr gern! Setzen Sie sich. Wollen Sie etwas essen?“

– „Alles, was Sie anbieten!“

Alja: „Marina, er ist auch sterbenshungrig!“

Ich: „Wunderbar! Zwei solcher Appetite im Haus – mehr brauche ich nicht! Alja, mach den Ofen an!“[20]

Und – es ging los! – Ich heize, steche mich, schimpfe, sie sitzen und essen.

– „Alja, wasch dich!“ – Gegen 11 sind wir auf der Straße. – Wohin jetzt? Wir gingen zu Antokolskijs[21] (Nachbarn – er ist Dichter, und kein schlechter). Wir aßen sehr viel Schwarzbrot und gingen. Von dort auf den Arbat-Platz, – es ist schon 12, von dort zu den Skrjabins, von dort um 2 Uhr nach Hause.

Heute kam er wieder bei mir vorbei: erstaunlich gut zu Fuß, wie ich, ich geriet in heitere Stimmung – er ist mir absolut gleichgültig. Genau richtig, um nicht abends im Nest zu sitzen. Und was die Ähnlichkeit mit Boris angeht: Lockenkopf (allerdings dunkel) und der Sitz des Kopfes, – auseinanderfallende Pelzjacke – eine ungeschickte Großartigkeit – Chimärenhaftigkeit aller Einfälle, Vergötterung von Ungeschicklichkeit comme telle, – so sprachen wir zum Beispiel im letzten Jahr den ganzen Weg von Samoskworetschje bis zu meinem Haus über irgendeinen Schafsbock, der anfangs klein ist, ein Lämmchen! dann größer wird und uns führt (bei Mondenschein – es war Vollmond und sehr spät in der Nacht); dann beginnt er, während er uns führt, sich nach uns umzusehen und – die Zähne zu fletschen! wir bändigen ihn, – eine Seite ist gebraten, wir essen usw., usw., usw. – Schließlich geht jeder zu sich nach Hause: ich will mich hinlegen – der Hammel, ich nehme ein Buch – er haart, der Hammel – ich heize den Ofen, es riecht nach Verbranntem, er aber hat sich schon gekrümmt – usw.

Gestern gingen wir zusammen, erinnerten uns lachend daran.

– „Na, und unser Hammel – ist doch kein Hammel! Und das ist unser Freispruch,“ sagt er.

– „Ein geflügelter Hammel!“ – verbessere ich, und mit einem Mal – „Von unserem Hammel zum Pegasus ist es nur ein Schritt!“

Verzeihen Sie all diese Häresie – das nur zur Charakteristik.
Gestern gehe ich und denke nach. – „Ich bin eine dumme Gans. Eine prämierte dumme Gans. Der Schafsbock – der Mantel – die Heiterkeit. Was hat hier Liebe zu suchen? Wozu immer diese kostenlose Beigabe? – Ist es meine Galanterie? – Nein, Dummheit. – Man muß doch endlich begreifen, daß nicht jeder Wunsch des anderen dringlich ist, daß es – auf diesem Gebiet vielleicht auch mehr als auf anderen – die Laune gibt. Und ich , die immer die kleinste Caprice des anderen au grand sérieux nimmt – bin einfach eine dumme Gans!“
– Doch, lieber Freund, ich habe eine Entschuldigung: ich bin nicht widerufbar. Nicht, weil ich mich dazu entscheide, sondern weil etwas in mir *nicht* zum zweitenmal *kann*, – es sind andere Augen und eine andere Stimme, und jene natürliche Schranke, die bei mir niemals – denn es gibt sie nicht! – beim ersten Kennenlernen fällt, und bei einem zweiten unausweichlich anwächst. Genau gesagt, nachdem ich den Tribut an meine (formal!) weibliche Natur gezahlt habe, widme ich mich aufmerksam der Ergründung dessen, den ich vor mir habe. Und das ist so unschuldig, daß nicht einer – ich schwöre es! – dabei an etwas denkt.

Ich bin noch nicht dazu gekommen, über eine Sache zu schreiben oder mit Ihnen zu sprechen, –

doch das ist wichtig! – Über meinen ungeheuren schöpferischen Aufschwung durch die Begegnung mit Ihnen.[22] – Jene Gedichte an Sie[23] zählen nicht, sie sind einfach das hilflose Lallen eines von Herrlickeit geblendeten Kindes – nicht jene Worte – ganz und gar nicht das – (das bin *ich*, aber es ist Ihnen nicht angemessen, haben Sie begriffen?) – Sie brauchen etwas ganz anderes, denn Sie sind von allen, unter allen – ein anderer, – eben ganz dieser mein falscher, anfänglicher blinder – wahrhaftig – falscher mondsüchtiger Weg.
Ich verspreche nichts – denn Sie brauchen nichts! – sondern erzähle es Ihnen einfach – wie diesen ganzen Brief – denn Sie kennen meine Seele und wissen sie zu würdigen! – daß das, was von Ihnen zu mir herabgestiegen ist (ich spreche wie – über einen Berg) etwas anderes ist und anders ausgesprochen wird, als alles Bisherige. – Ich danke Ihnen! – Schöpferisch!

Dienstag
Sie sind schon seit einem Tag wie zu Hause. Und ich bin schon seit drei Tagen wie nicht zu Hause. – Wissen Sie, wo ich gestern war? – Schicksal! – In der Spaso-Bolwanowskij-Gasse!!![24] – Mein Freund, es gibt sie! – Tatsächlich – *jenseits* der Moskwa! Wei-eit weg! – Sie ist lang, gekrümmt, ohne Trottoirs und Pflaster, voll mit Kirchenhäuschen, – und überall hell, warm! Was für ein sowjetisches Moskau dort! – Wie zu Zeiten Johanns des Schrecklichen!
Ich ging mit der Skrjabina hin, – sie im Sealpelz, auf Pfennigabsätzen, ich im Bärenfell mit Stiefeln, und sie fiel die ganze Zeit hin.

Und wie tat – mir – das leid!
(NB – nicht um sie, natürlich!)

Nebenbei: Sie müssen diesen Brief ganz und gar nicht auf einmal lesen, – er ist schließlich stückchen- und fetzchenweise geschrieben, Tag für Tag, fast Stunde für Stunde.
Lesen Sie das auch so!
Und doch ist mir das peinlich, und für Sie, wenn Sie ihn angeschaut haben – wahrscheinlich hoffnungslos!

Heute bin ich zufällig auf die Weiße Schar[25] gestoßen. – Wie schade, daß ich vergessen habe, mich noch einmal zu bedanken! – Ich entdeckte: Ihre Handschrift. Ich las. Ich dachte darüber nach. Sie erinnern sich wahrscheinlich nicht mehr, was Sie geschrieben haben, ich selbst habe es wie etwas Neues gelesen. Wie hat mich – mit Schrecken! – die Vergänglichkeit entzückt. – Liebe Achmatowa – lieber Sie – liebe Ich. – Ich habe die Gedichte über den Toten[26] fertig. Ich wollte auf Ihre Art schreiben (als Frage), und es ist auf meine Art geworden (als Antwort, – und was für eine!) – Wenn dieser Brief abgeht, füge ich auch die Gedichte bei.
Meine Hauptsorge ist zur Zeit: die Tage vertreiben. Eine unsinnige Beschäftigung, denn es warten vielleicht magerere. Manchmal denke ich mit Schrecken, daß vielleicht irgend jemand in Moskau schon etwas von S. weiß, daß vielleicht viele wissen, nur ich nicht.
Heute habe ich ihn im Traum gesehen, und ununterbrochen Begegnungen und Trennungen. – Wir

verabredeten uns, trafen uns, trennten uns. Und die ganze Zeit über – den ganzen Traum hindurch – über dem ganzen Traum – seine herrlichen Augen, in vollem Glanz.
(Jetzt frage ich Alja: –„Alja, was macht der Ofen?“ Und ihre ruhige Antwort: – „Der Ofen? – Er schwehlt.“ So „dreibeint“ bei ihr ein laufender, leicht hinkender Hund, und die Bolschewiken „lautstimmen“ über ihre Siege usw.)
Ich habe mir – zufällig, wie alles in meinem Leben – einen „Halbschal“ (ich vergöttere dieses Wort!) gekauft, blau-schwarz, gestrickt. Ich liebe ihn, weil er so warm ist, – „und werde ihn ins Grab mitnehmen!“

(O, mein Grab! Mein Grab!)

Ich habe ihn auf der Straße bei einer alten Frau gekauft, die 18 Jahre (oder vielleicht 81!) in Moskau gelebt hat und nicht einmal auf dem Smolenskij war. – „Ich habe mich nie gern unnütz herumgetrieben.“ Ich hörte ihr mit Genuß zu. – Hier ist mein Potebnja![27] – Und noch einmal wurde ich neidisch: „sich unnütz herumtreiben“, – was habe ich anderes von Geburt an getan?!

Donnerstag
Mein Freund! – Ich beginne schon, mich Ihrer zu entwöhnen, Sie zu vergessen. Sie sind schon aus meinem Leben gegangen. – Übermorgen – nein, morgen – ist es eine Woche her, seit Sie abgereist sind. – Erinnern Sie sich, ich bat Sie: bis Samstag! – aber Sie sind am Freitag gefahren, doch mir ist dennoch im Gedächnis geblieben: Samstag. Sie sind ein Weiser und schauen senkrecht in die

Seele. Ich möchte, daß Sie verstehen: ich beginne, mich zu entwöhnen, habe vergessen.
Ich muß, um zu leben, mich freuen. Solange Sie hier waren – sogar, solange die Trennung noch so schmerzlich war, konnte ich mir trotzdem sagen: morgen um 6 Uhr (gehe ich – oder gehe ich nicht, ganz gleich – doch morgen um 6 Uhr – das ist zuverlässig!)
Und jetzt? – Morgen nicht, übermorgen nicht, in einer Woche nicht, in einem Monat nicht, ich möchte denken und falle ins Leere – vielleicht in einem Jahr, vielleicht – niemals.
Weshalb hier lieben, – sich erinnern – sich quälen? Und da ist mein nüchternes, einsichtiges, feuerfestes Asbest!-Herz, das verstanden, sich beruhigt, freigegeben hat.
Von der Begegnung mit Ihnen ist mir nur eine traurige Unruhe geblieben: ich muß irgendwohin gehen – also gehe ich: den ganzen Tag „den Geschäften nach" (d.h. durch die Löcher auf der Suche nach Tabak) – mit Alja, abends allein oder mit irgend jemand anderem. Das sind natürlich Sie, die Erinnerung an Sie, – dieses „irgendwohin gehen" – unbestreitbar „aus irgendeinem Grund fortgehen".
Wenn ich wüßte, daß Sie – daß ich für Sie unerläßlich bin – o! – jede meiner Stunden hätte Flügel und würde zu Ihnen fliegen, – doch so – umsonst – ins Leere, nein, mein Freund, viele Male ist das mit mir geschehen: ich kann nicht *ohne*! – und es ging vorüber, ich konnte *ohne*; *ich kann nicht ohne* – dies ist offensichtlich etwas anderes: wenn der andere so sehr nicht *ohne* kann, daß auch du es nicht kannst.

– Das ist nicht Kälte, auch nicht Hochmut, das ist, mein Freund, ein Versuch, das, was mich Sowjet-Moskau in diesen drei Jahren gelehrt hat – und das, was ich – von vornherein – schon in der Wiege wußte.

– Lann. – Das ist Ablenkung. – Lann. – Das gab es noch nie. Das ist das, was *leben konnte*, folglich, – brauchte es nicht zu kommen. Und noch etwas: ein hoher Kragen, Augen unter einer hohen Mütze, eine weiche Stimme und harte Augen.

Vielleicht würde ich fester daran glauben, daß Sie hier waren, wenn ich einen Brief von Ihnen bekäme. Doch werden Sie wohl kaum schreiben, und ich werde diesen Brief wohl kaum abschicken.

– Gestern sind Sie für ein Sekündchen auferstanden: als ich, nachdem ich geklingelt hatte, an Ihrem Eingang stand und wartete. (Ich war das erste Mal nach Ihnen bei D. A., – so geht man wohl auf den Friedhof.)

Ich habe mich daran gewöhnt.

(Alja, während sie die Kohlen im Ofen mischt: – „Marina! Das sind Höllentomaten!" – und neulich – zu meiner Erinnerung:

– „Marina, ich möchte nicht, daß..."")

– O! mein Freund, was hätte ich damals für ein Bollwerk gehabt! – Oder: – „Schreiben Sie mir ein großes Werk, ein echtes, wie vor dem Tod..."

Aber alle brauchen meine Gedichte, außer Ihnen! Ihr Verhalten gegenüber meinen Gedichten ist die Galanterie eines Garibaldi gegenüber einem Freiwilligen aus guter Familie.

– Doch was gehen mich Gedichte an?! –

Treue.
Und eine blendende Formel: – Treue ist der Instinkt der Selbsterhaltung. – Einer solchen Treue werde ich das erste Mal in meinem Leben treu sein.
Und alle anderen Treuen sind entweder Heroismus oder gute Erziehung.

– Wie seltsam: allen habe ich Glück gebracht! Dem einen leichtes, dem anderen scharfes, doch niemals Schwere, Ersticken! Doch Sie scheine ich zu ersticken. Und wenn Sie wüßten, wie ich mich beherrsche, mich nicht gehen lasse, mich klein mache, mich glätte, jeden meiner Blicke und Schritte entgifte!
Also sinken die Ihnen geöffneten Arme allmählich, sinken, sich verlierend und hinabsinkend. – O, für diese gesenkten Arme *verzeiht Gott mir alles!*

– Letzter Tag –.
Ich trenne mich glücklich von Ihnen.
Ich habe mich niemals vor äußerlichen Trennungen gefürchtet, habe mich daran gewöhnt, Abwesende zu lieben. – Lieben ist ein schwaches Wort, – leben.
Wie Sie damals so schön sagten: grausame Erotik, – o, wie Sie das Wort empfinden!
Ich liebe Sie, den Dichter, genauso wie mich selbst – für die Zukunft. Ihre Gedichte sind wundervoll, – ich schwöre bei Gott, daß ich völlig unabsichtlich an [unleserlich – B.E.] und *dann* erst an Poe dachte!

Ihre Gedichte sind wundervoll, Sie jedoch noch mehr als Ihre Gedichte.[28]

Sie sind der erste meiner Zeitgenossen, dem ich – Hand aufs Herz – das sagen kann.

Sie sind mir fremd, Sie häufen Steine an den Himmel, ich aber gehöre zu den „tanzenden Seelen" (ein Wort Wjatscheslaws).[29] Sie sind mir fremd, doch Sie sind *so groß*, daß Sie – für eine Minute – meinen Tanz angehalten haben.

– Gebe Gott Ihnen Gesundheit, Kraft, Ruhe, – und wie werde ich Sie in fünf Jahren – den Kopf zurückgeworfen! – aufs Neue und wunderbar lieben.

Ihr Roland[30] gehört zu den höchsten Errungenschaften der Welt, doch heutzutage ist ein solches Wort nicht in aller Munde.

Wenn ich Ihre poetische Gattung bestimmen sollte, sind Sie natürlich ein Regenbogen, dessen eines Ende Poe und dessen anderes Novalis ist, doch wie Sie dort – Sie erinnern sich – erzählten, das werde ich nie vergessen, wie glaubwürdig – das werde ich nie lesen – die kreisrunden Wirbelstürme, – wie hier – ununterbrochene Regenbogen.

Und Sie sind nur am Beginn des ersten!– O, wie ich Sie und Ihre Zielstrebigkeit liebe! Wie hätte Nietzsche seine Freude an Ihnen!

2

Moskau, 29. (russ.) Dezember 1920

Lieber Jewgenij Lwowitsch!

Ich habe eine große Bitte an Sie: ich habe einen Brief von Asja bekommen – sie führt ein schreckliches Leben – fast nackt und bloß – schicken Sie ihr durch treue Hände tausend fünfundzwanzig Rubel, ich habe gerade Geld, jedoch niemanden, der auf die Krim fahren würde, es ist fast unmöglich.

Ich gebe es bei der ersten Gelegenheit zurück. – Um Gottes willen! Asjas Adresse: Feodosija – Karantin – Iljinskaja ul., Medwedew-Haus, Wohnung der Chrustatschews. Ich schicke Ihnen einen Gruß.

M.Z.

– Wenn Sie das tun wollen, geben Sie an die Adresse D. A.'s Bescheid.

Gerade hatte ich diese paar Worte geschrieben – als plötzlich die Tür sperrangelweit aufging: Ihr Brief!

Und Alja: – „Marina, Eure Stimmen haben sich wie Speere gekreuzt!“

Danke, daß Sie an mich gedacht haben. – Wie bin ich froh, daß Sie arbeiten, – und wie kann ich Sie in diesem Drang verstehen! Ich schreibe auch sehr viel, lebe meinen Gedichten, dem Grauen um S. und der Hoffnung auf ein Wiedersehen mit Asja. Schicken Sie ihr, bitte, den beigelegten Brief, – wenn es eine baldige Gelegenheit gibt, als Bestellbrief oder per Einschreiben.

Für mich ist es unbedingt wichtig, daß sie ihn bekommt.

Und erlauben Sie mir, Sie – von Zeit zu Zeit – mit einer ähnlichen Bitte in Unruhe zu versetzen, ich habe niemanden in Charkow, und es liegt doch auf halbem Weg zur Krim, – von hier kommen Briefe kaum an, Einschreiben werden nicht angenommen.

– Wir haben einen Tannenbaum, eine lange Otter, die letzte Tanne auf dem Smolenskij, in der letzten Sekunde am Weihnachtsabend gekauft. Ich habe sie oben abgesägt, sie geschmückt und zünde halbwegs brauchbare Kerzenstummel an. Alja war krank (Malaria), lag im Bett und vergnügte sich damit, die Tanne mit einer Tänzerin zu vergleichen (ich für mich: einer Spelunkentänzerin!).

Drei Besuche

I. Alja und ich sitzen und schreiben. – Abend. – Ein Klopfen an der unverschlossenen Tür. Ich, ohne die Augen aufzuheben: – „Bitte!“ Ein kleiner schwärzlicher Mensch – „Sachs!!! Welches Schicksal führt Sie her? Und warum der Bart?!“ – Wir küssen uns. – Mein früherer Mieter, ein überzeugter Kommunist (1918 – *in Moskau* – haben sie nur auf Karten gegessen) war gut zu mir und den Kindern, vergötterte die Kinder – besonders die Babys – vergötterte sie so, daß ich einmal, als ich mich nicht mehr zurückhalten konnte, rief: – „Sie, Väterchen, sollten lieber zu den Ammen als zu den Kommunisten gehen!“

– „Sachs!“ – „Sie – hier – und Sie leben?!“ – „Ja.“ – „Aber das ist ja schrecklich, das ist doch so ähnlich (er schnippt mit den Fingern) wie – wie – wie heißt das, wo früher der Privatnik wohnte?" – Alja: „Torbogen!" – Er: „Nein." Ich : „Hausmannswohnung? Wächterhäuschen?" Er, strahlend: „Ja, ja, Wächterhäuschen". (Polnischer Akzent, – so müssen Sie es auch lesen, das Äußere, bis auf den Bart, korrekt).

Alja: – „Dies ist kein Wächterhäuschen, das ist ein Loch". – Er: – „Wie können Sie so leben? Dieser Fußboden! Wischen Sie ihn nicht?" Alja: – „Innen ja, von außen nicht, und Mama ist Dichterin". Er: – „Ich könnte – entschuuuuldigen Sie! – hier nicht eine Nacht verbringen." – Ich, unschuldig: – „Tatsächlich?" Alja: – „Mama und ich gehen auch manchmal weg zum Übernachten, wenn es sehr unaufgeräumt ist." Er: – „Und heute – ist es aufgeräumt?" Wir aus einem Mund, fest: – „Ja."

– „Aber das ist furchtbar! Sie haben kein Recht! Sie haben ein Kind!" – „Ich habe keine Rechte." – „Sie sitzen den ganzen Tag bei Licht, das ist schädlich!"

– „Die Laterne ist vom Schnee zugeschüttet!" Alja: „Und wenn Mama aufs Dach klettert, stürzt es ein."

– „Und Wasser gibt es natürlich nicht?"

– „Nein." – „Also haben Sie eine Dienststelle!" – „Das kann ich nicht": – „Aber Sie schreiben doch Gedichte und lesen in Klubs!" – „Ich werde nicht eingeladen".

– „In Kindergärten". – „Ich verstehe Kinder nicht".

– „Na – na – na..." Pause. – Und mit einemmal: – „Was haben Sie da?" – „Ein Tintenfaß". – „Braun?"

– „Ja, Kristall und Bronze". – „Das ist ein wunderbares Stickck, – und so ungepflägt! – o! –" – „Bei mir ist alles ungepflegt!" – Alja: – „Bis auf die

Seele." – Sachs, ganz vertieft: – „Das ist aber! Das ist aber! Das ist aber – eine Kostbarkeit." Ich: – „Na und?" – „Das ist ein Kunstwärk!" – Ich, mit einem Mal erleuchtet (ich begann schon, mich wegen der unverdienten – verdienten! – Vorwürfe schlecht zu fühlen) – „Wenn Sie wollen, schenke ich es Ihnen?!!" – „O-o! – Nein!" Ich: – „Um Gottes willen! Ich brauche es nicht mehr." Alja: – „Wir brauchen gar nichts außer Papa..." Er, versunken in das Tintenfaß: – „Das ist eine Seltenheit." Ich: – „Einfach aus dem Ausland. Ich bitte Sie!!!" – „Aber was gebe ich Ihnen dafür?" – „Da-für? – Warten Sie! – Rote Tinte!" – „Na..." – „Ich kann nirgends welche finden. Geben Sie mir welche?" – „Soviel Sie wollen, – aber..." – „Wenn Sie erlauben, wasche ich es jetzt ab. Alja, wo ist die Bürste?"
10 Minuten später schreiten wir – Alja, Sachs und ich – (man hält mich wohl für seine Frau?!) – über die Powarskaja, in seiner vorsichtig ausgestreckten Hand von blendendem Glanz – das Tintenfaß. – Und keinerlei Vorwürfe. –

Ich strahle. – Gelungen!

II. Alja und ich sitzen und schreiben. – Abend. – Klopfen an der unverschlossenen Tür. – Ich, ohne aufzublicken: – „Bitte!" – Ein Spekulant vom Smolenskij tritt ein, der statt Tabak Hirse will. (Dummkopf!) – „ Sie – leben – hier?" – „Ja." – „Aber das ist doch ein Hinterhof!" – „Ein Loch", verbessere ich. – „Ja, ja, ein Loch... Aber Sie haben doch wahrscheinlich früher..." – „Ja, ja, wir haben nicht immer so gelebt!" – Alja, stolz: „Bei uns wurde der Kamin geheizt, Großgrundbesitzer saßen bei uns, wir hatten sogar einen Pudel – Jack. Er ist einmal direkt in die Suppe gefallen." – Ich, erklärend: „Er ist auf den Dachboden gelaufen und hat die Lampe eingeschlagen."[31] Alja: – „Dann wurde er gestohlen." Der Spekulant: – „Aber wie sind Sie zu einem solchen Leben gekommen?" – „Setzen Sie sich, rauchen Sie." (Ich vergesse, daß er Tabakspekulant ist. – Aus Feinfühligkeit lehnt er nicht ab.) – „Nach und nach: erst Dachboden – dann Höhle – dann Loch." – „Dann Müllgrube", bestätigt Alja. – „Was haben Sie für eine reife Tochter!" – „Ja, sie versteht seit einem Jahr alles!" – „Was Sie nicht sagen!" – Schweigen. – Dann: „Ich gehe besser, Sie müssen sicherlich schreiben, ich habe Ihnen Unruhe hereingebracht." – „Nein, nein, um Gottes willen – gehen Sie nicht. Ich bin sehr froh um Sie. Sie sind anscheinend ein guter Mensch, – und ich brauche so dringend Tabak!" – „Nein, ich gehe jetzt besser." Ich, mit Erschrecken: „Sie denken vielleicht, daß ich keine Hirse habe? Hier – ein Sack!" Alja: „Und in der Kanne ist auch noch!" Er: – „Das sehe ich allerdings, nur Ihre Mama ist schlecht gestimmt. " – „Sie ist nicht schlecht gestimmt, sie ist nur begeistert, sie ist immer so!" Er: – „Darf ich mich empfehlen." Ich: – „Hören Sie, Sie haben Tabak, ich – Hirse, wo ist das Problem? Ich werde die Hirse morgen sowieso auf dem Smolenskij eintauschen, nur werden sie mir statt der zweiten Handelsklasse Plunder geben, Mulm. – Um Gottes willen!"

– „Und wieviel verlangen Sie für die Hirse?"

– „Nach Ihrem Ermessen."

– „1000 Rubel?"

– „Ausgezeichnet. Und der Tabak?“
– „10.000 Rubel.“
– „Wunderbar. Nehmen Sie 10 Pfd. Hirse und geben Sie mir 1 Pfd. Tabak.“ – Alja erscheint mit der Waage. – Wir wiegen.
– „Und ich habe nichts zum Tragen.“ – „Nehmen Sie es direkt im Sack.“
– „Aber ich bin doch ein Fremder, Säcke sind kostbar...“ – „Säcke sind nicht kostbar, Menschen sind kostbar, Sie sind ein guter Mensch, nehmen Sie den Sack!“ – „Dann erlauben Sie mir statt 1 Pfd. anderthalb vorzuschlagen.“
– „Sie machen mich verlegen!“
– „Na, ich bitte Sie!“
Alja: – „Marina, nehmen Sie es!“
Ich: – „Sie sind gut.“
Er: – „Ich sehe zum ersten Mal einen solchen Menschen.“
Ich: – „Einen unvernünftigen?“
Er: – „Nein, einen normalen. Ich nehme schwermütige und versöhnliche Eindrücke von Ihnen mit.“
– „Bitte nur Letzteres!“
Er lächelt. Zum Abschied sagt er: – „Gott möge Ihnen helfen!“ Er ist unter 50, ein Akzis-Typ, eine Art schnurrende Stimme, häufiges Atemholen. *Auch* ein heiliger Narr!

Ich strahle. – Gelungen!

III. Alja und ich sitzen, schreiben. – Abend. Die Tür – ohne Klopfen – steht sperrangelweit auf. Ein Soldat aus dem Kommissariat. Groß, mager, Pelzmütze. – Etwa 19 Jahre alt. – „Sind Sie die und die Bürgerin?" – „Ich..." – „Ich bin gekommen, um ein Protokoll über Sie zu erstellen." – „Aha." Er dachte, ich hätte nicht genau gehört: – „Ein Protokoll." – „Ich verstehe."– „Sie haben durch das Nicht-Verschließen des Wasserhahns und das Überfüllen des verstopften Abflusses eine neue Platte in Nr. 4 aufgerissen." – „Das heißt?" – „Das Wasser, das durch den Fußboden gelaufen ist, hat nach und nach die Ziegel aufgerissen. Eine Platte hat sich bewegt." „So." – „Sie haben in der Küche Kaninchen gezüchtet." – „Das war nicht ich, das sind fremde." – „Aber sind *Sie* denn die Hausherrin?" – „Ja." – „Sie sollten auf Sauberkeit achten." – „Ja, ja, Sie haben recht." – „Haben Sie noch eine Wohnung in der zweiten Etage?" – „Ja, oben den Mezzanin." – „Wie?" – „Den Mezzanin." – „Mizzimin, Mizzimin, – wie schreibt sich das – Mizzimin?" Ich sage es ihm. Er schreibt. Er zeigt es mir. Ich, zustimmend: „Richtig."

– „Es ist mir peinlich, Bürgerin, Sie sind ein intelligenter Mensch." – „Das ist ja das ganze Elend, – wäre ich weniger intelligent, wäre all das nicht geschehen, – ich schreibe ja die ganze Zeit." – „Und was?" – „Gedichte." – „Sie dichten?" – „Ja." – „Sehr angenehm." – Pause.

– „Bürgerin, würden Sie mir nicht das Protokoll verbessern?" – „Geben Sie her, ich schreibe, Sie sprechen, und ich werde schreiben." – „Ist das nicht unangenehm – für Sie?" – „Macht nichts, umso schneller ist es fertig!"

– Ich schreibe. Er ergötzt sich an meiner Handschrift: an Schnelligkeit und Schönheit.

– „Man sieht sofort, sie ist Schriftstellerin. Wie können Sie mit solchen Fähigkeiten die Wohnung nicht besser in Ordnung halten? Das ist doch – verzeihen Sie den Ausdruck – Loch!“
Alja: – „Dreckloch.“
Wir schreiben. Unterschreiben. Höflich salutiert er. Verschwindet.

Und gestern, um halb elf abends – ach du meine Güte! – wieder er.
– „Haben Sie keine Angst, Bürgerin, ein alter Bekannter! Ich komme wieder zu Ihnen, hier muß was verbessert werden.“
– „Bitte.“ – „So daß ich Ihnen wieder Schwierigkeiten mache.“
– „Ich stehe Ihnen zu Diensten. – Alja, mach auf dem Tisch sauber.“ – „Vielleicht wollen Sie zu Ihrer Aussage etwas hinzufügen?“
– „Ich weiß nicht... Die Kaninchen sind nicht meine, die Ferkel sind nicht meine – und sie sind schon aufgegessen.“
– „Ach, es waren auch noch Ferkel da? Das schreiben wir auf.“
– „Ich weiß nicht... Ich habe nichts hinzuzufügen.“
– „Kaninchen... Kaninchen... Und kalt muß es hier sein, Bürgerin. – Schade!“
Alja: – „Um wen – die Kaninchen oder Mama?“
Er: – „Na überhaupt... Kaninchen... Sie fressen doch alles an.“
Alja: „Auch Mamas Matratze in der Küche haben die zerfressen, und das Ferkel wohnte in meiner Wanne.“
Ich: – „Das schreiben Sie nicht!“

Er: – „Es tut mir leid um Sie, Bürgerin!"
Er bietet mir eine Zigarette an. Wir schreiben. Es ist schon halb zwölf.
– „Früher hat man wahrhaftig nicht so gelebt"...
Und im Weggehen: – „Entweder Arrest oder eine Geldstrafe von 50 tausend – ich komme dann selbst.
Alja: „Mit Revolver?"
Er: – „Da brauchen Sie keine Angst zu haben, Fräulein."
Alja: – „Sie können nicht schießen?"
Er: – "Doch, das kann ich, aber... – tut mir leid, Bürgerin!"

Ich strahle. Gelungen!

Lieber Jewgenij Lwowitsch, ich wäre glücklich, wenn Sie Gedichte schicken würden. Wie schade, daß Sie mir so wenig davon vorgelesen haben!
Ich wünsche Ihnen für das Neue – 1921 – Jahr (heute ist Silvester, ich schließe den Brief am 31., mit Gott!) – reichlich Früchte, um Geist zu gewinnen – zu verwirklichen!
Alles Übrige haben Sie schon, – möge es Ihnen erhalten bleiben!
– Die Gedichte schicke ich. – Über Ihre Briefe werde ich mich immer freuen. – Vergessen Sie meine Bitte wegen Asja nicht.

M. Z.

Moskau, 31.Dezember 1920, Vorabend des russischen 1921.

[An der Seite der Zusatz:] Der Brief an Asja ist liegengeblieben, – ich schicke ihn Ihnen dieser Tage gesondert. Dann übersenden Sie ihn.[32]

3

Moskau, 15. russischer Januar 1921

Dialog:

– „Marina! Was hätten Sie lieber: einen Brief von Lann oder Lann selbst?
– Natürlich einen Brief!
– Was für eine komische Antwort! – Na, aber jetzt: einen Brief von Papa oder Papa selbst?
– O! – Papa!
– Das wußte ich auch so!
– Deshalb, weil das eine Liebe – und das andere Romantik ist!“

Lieber Jewgenij Lwowitsch!
Dieser Brief als Antwort auf Ihren zweiten, den ich nicht bekommen habe. Nun geht es schon zwei Tage, daß Alja und ich beharrlich in der ganzen Stadt nach dem Genossen Schillinger suchen. Wir waren auch im Muso, im Kamernyj und bei Mettner[34], der ihn protegiert, haben Moskau mit Notizen zugeschüttet, wie der Schneesturm mit Schnee, und – rien! – kein Schillinger, kein Brief.
– Sehr schade – Ihre Faulheit in allen Ehren!
– Also, der Genosse Lann – auch der abwesende – zwingt uns, Moskau in Wersten auszumessen!
– Haben Sie meinen ersten Brief erhalten – den eingeschriebenen? Ich schreibe an die Institution,

denn ich kenne die Privatadresse nicht und glaube nicht an eine Privatadresse! – Privates vergeht, Institutionen bleiben.
– Ich erhielt während dieser Zeit zwei Briefe von Asja, der zweite kam früher, zwei Wochen nach der Besetzung der Krim, einige Zeilen verzweifelter Liebe zu mir – (zu uns!) und Einsamkeit, das ist Asja! – Das verstehen nur Sie.
Sie lebt allein, mit Andrjuscha, hat eine Stelle – sowjetisches Essen und 1 Pfd. Brot für beide – abends Tee – so wunderbar und beherrscht – Tee – und natürlich ohne Brot, denn wäre es mit Brot, dann stünde da: mit Brot.
In F. sind Max, Pra, Maja, M. I. Kusnezowa (die zweite Frau B.'s)[35] – „Wir haben Freunde – sie gehen – es kommen neue..."
Was, bin das nicht alles ich?
Und dann mit singender Stimme: – „Marina! kannst du ohne mich leben?!" Genosse Lann, mein Freund! – ich bat Sie schon – und bitte Sie noch, – um Gottes willen! – wenn es nur irgendeine Möglichkeit gibt, schicken Sie Asja 1025! Ich schwöre, ich gebe Sie ihnen zurück, ich habe Geld, nur niemanden, durch den ich es schicken könnte. Wenn Sie, nachdem Sie meinen ersten Brief erhalten haben, dies bereits getan haben – danke ich Ihnen auf Knien, wenn nicht – bitte ich Sie auf Knien: tun Sie es!
Sie kennen uns wenig im Alltag: von denen, die uns lieben, erbitten wir nichts, und die, die uns nicht lieben, geben nichts. (Und vielleicht nicht nur letztere, – sondern – glissez mortels, n'appuyez pas!) – Und diese immer auf höchste Eintracht

ausgerichteten Beziehungen – mit dem erstbesten Verwalter in der Kooperative! – Mit einem Wort, mit Asja wird dasselbe geschehen wie mit mir im Alter von 19 – die ganze Stadt voller Freunde, ein Babylonischer Turm von Briefen, ein Sodom von Freundschaften und Lieben – und nicht ein Stückchen Brot!
Sie lieben uns ein wenig – auf eine gute Art – ich wende mich nicht an Ihre Güte, sondern an Ihre Größe: das ist hoffnungsvoller.

Lieber Jewgenij Lwowitsch, ich wäre empört, wenn Sie glaubten, ich schreibe Ihnen ausschließlich aus Bettelei. – Das ist nicht so, aber Asja ist jetzt – doch warten Sie – eine geniale Formulierung:

...auch ein in den Schädel geschlagener Nagel.

Was die Worte angeht, habe ich das nicht verstanden, was den Menschen angeht, ist es für mich eine Formel, sehen Sie den Unterschied?
O, das Wort liebt mich anscheinend sehr, ich arbeite auch mein ganzes Leben nur, um es weiterzugeben! – Um des Menschen willen!

Von Ihrem zweiten Brief erfuhr ich von Maljarowskij, er kam bei mir mit seiner neuen Frau vorbei. (Sie ist so, daß er unbedingt herkommen mußte!)
Seine Frau, die in unserer „Lage“ nichts verstand, lächelte für alle Fälle. Eine sehr stille Frau – eine breite Persönlichkeit. Sie haben sie gesehen. Wenn ich nur ein Zehntel ihrer Kleider anziehen würde, ich wäre – ich schwöre bei Gott – wunderschön. Und M-skij strahlt. – Bald nach Ihrer Abrei-

se waren wir im Palast in einem Chopin-Konzert. Da ich das Gedränge und das Licht – direkt ins Gesicht – nicht aushielt, ging ich. Am nächsten Tag treffen wir uns. – „Sind Sie sehr verärgert, daß ich Sie in den Chopin gelockt habe?“ – „O, nein. Als ich das dritte Stück hörte, habe ich sogar zwei Kapitel des Konzepts geschrieben. Musik inspiriert meinen Geist ungeheuer.“ – 1) ist das kein – Geist, 2) bist du ein Unmensch. – Ich schwieg. – Ich habe Ihren dritten Musketier kennengelernt – er ist nett, besser als M-skij: menschlicher. Als trage ihn der Wind. Ich verstehe, warum Sie beschlossen haben, daß dies Ihre Freunde sind: keinerlei menschliche Verpflichtungen: M-skij ist überhaupt kein Mensch, A-pow[36] leichtgewichtig, – und an sich selbst denkt er nicht. Und Sie fühlen sich mit ihnen wohl.
Aber dennoch verlaufen Alja und ich uns manchmal zu M-skij, – aus alter Erinnerung. Einmal haben wir sogar übernachtet.

T. F. Skrjabina hat eine Zuteilung bekommen, zunächst auf dem Papier. Sie hackt weiterhin Holz und heizt, – ihre Hände sehen schrecklich aus, ihre Augen wunderschön, fast jeden Abend gehen wir irgendwohin, ganz egal, wohin, ich bin müde vom Tag, sie vom Leben, wir fühlen uns wohl miteinander, eine große Haut- und Seelensympathie: Liebe zum Schneesturm, zum blendend-heißen Verlangen, zu rauchen und ins Nichts davonzuschwimmen.
– Als ich mit Bebutows[37] eine Schlittenfahrt machte – der Schlitten war eine Art Bauernschlitten, der

Fuhrmann wie ein Postkutscher – es schien, als führen wir nicht ins I. Theater der RFSFR, sondern nach Rjasan – die ganze Fahrt über redeten wir: er über seine Angelegenheiten, ich über meine, und der Kutscher über seine, – es kam nur die Intonation herüber – sie war liebenswürdig, bei allen, – wuunderbaar fuhren wir dahin, – natürlich dachten weder Bebutow noch ich eine Sekunde daran, daß zum Winter der Sommer gehört und zur Intonation – die Liebe (?) – Vor B-ow ekle ich mich, erhole mich kaum davon. – Ins Haus lasse ich ihn nicht.

Ich habe eine kleine (vielleicht auch eine große!) Freude für Sie, in ihr werden alle Unannehmlichkeit untergehen – freiwillige und unfreiwillige – die ich – sei es mit Wort, sei es mit Tat – Ihnen vielleicht bereitet habe. – Warten Sie ab. –

Andrej Belyj hat sich – in seinem Eis und Schnee – einen Wirbel gebrochen, er liegt im Krankenhaus, läßt niemanden zu sich, – sonst hätte ich ihn schon längst – für Sie – um die Krise des Wortes gebeten.[38] Man wird ihn behandeln – und ich werde ihn bitten. Ich habe für Sie noch den „Grauen Morgen", ein neues Büchlein Bloks, vor kurzem bei SPB erschienen – und schon eine bibliographische Seltenheit. Sobald Schillinger auftaucht, schikke ich es über ihn, ebenso auch die erwähnte Freude.

Ich schreibe sehr viel, wie nie zuvor wohl. Doch das ist eine Sache für sich, ebenso auch mein Leben. Irgendwann – wenn und *sofern* es unum-

gänglich wird, schicke ich Ihnen alles. – Ich beeile mich, der Mensch fährt morgen, ich schreibe nachts, verzeihen Sie die Verwórrenheit.
Im nächsten Brief – sofern ich in Ihrem zweiten Brief, auf den ich immer noch hoffe, nichts Negatives für mein Andenken – an Sie – lese –, im nächsten Brief schreibe ich Ihnen einen kleinen Abschnitt aus Aljas Heftchen ab – über Sie. – Interessant. – Sie nennt das Memoiren. An Asja schreibt sie über Sie: – „Er war nicht besser als die anderen, – aber – inspirierter."
Ich warte auf Ihre Gedichte. Ich liebe – und schätze! sie mehr und mehr. Wissen Sie das Wunderbare – für mich – an Ihrer Begabung zu schätzen und ziehen Sie daraus den für sich schmeichelhaftesten Schluß. [Anm. M.Z.: Wie auch ich es für mich tue! Denn es ist naiv von mir, Blok und Achmatowa zu lieben! –]
– Einen aufrichtigen Gruß.

M. Z.

(Schreiben Sie an Asja einen langen Brief über mich! – Mein Freund! – Um Gottes willen! – Feodosija, Karatin. Iljinskaja ul., Haus Medwedews, Wohnung der Chrustatschews).

4

Moskau, 19. russischer Januar 1921

Lieber Jewgenij Lwowitsch!
Da Sie mich kennen, konnten Sie nicht glauben, daß ich Ihnen so einfach nicht mehr schreibe – daß ich Sie mir abgewöhnt – Sie vergessen habe.

Ich wollte Ihnen viele Male (immerzu) schreiben, doch habe ich die ganze Zeit auf etwas gewartet, meine Seele mußte ihr Flußbett ändern.
– Aber es ist so schwer auseinanderzugehen! – Ganze zwei Wochen sind Alja und ich von morgens bis abends durch die Stadt gejagt, eifrig alle möglichen Geschäfte erledigend und sie sogar suchend. Manchmal, wenn wir schon sehr heruntergekommen waren, verirrten wir uns zu M-skij, so – Ehrenwort! – besucht man einen Friedhof!
(Das hat D.A. bestimmt nicht geglaubt – nicht erraten! Er hat doch damals sofort seine Braut umkreist!)
– Nun gut. – Zwei Wochen habe ich nichts geschrieben, kein Wort, das ist bei mir sehr selten – denn das Lied geht mir über alles! – *beim Herumtreiben mit Alja habe ich Sie sicher immer weiter fortgejagt* – und Sie schließlich ganz verjagt – es gibt keinen Lann! – da begann ich, Gedichte zu schreiben – in völliger Leidenschaft! – von morgens bis abends! – danach – „Auf rotem Roß“[40]. – Das war bereits die endgültige Befreiung: Sie waren schon endgültig! – in den Wolken.

Das rote Roß ist fertig. Der letzte Gedankenstrich gesetzt. – Soll ich es schicken? – Wozu? – Das Pferd gibt es, folglich gibt es auch Lann – für immer – hoch oben! – Und ich wollte nicht bettelarm zu Ihnen kommen – nur mit Gedichten. Ich wollte auch nicht (weiblicher und Zwetajewscher Stolz – immer post factum!), wo ich mich jetzt so *frei* fühle, zu Ihnen als Ihre – Ehemalige kommen!
Das Leben mußte sein Gesicht ändern. – Und hier,

Genosse Lann (eine ironische und zärtliche Anrede!), stehe ich vor Ihnen wie an dem Tag, als Sie zum ersten Mal in mein *Haus* traten (verzeihen Sie die Bezeichnung!), – fröhlich, frei, glücklich. – Ich.
– Aber dennoch, mein Freund, unter Berücksichtigung der sowjetischen und der Zwetajewschen Schnelligkeit – nach Ihnen wäre eine Verschnaufpause in Ordnung!

Der Bolschewik

Du stürmtest vorwärts in die Weite,
Vom Ilmen nach Baku,
Und auf deinen Wangen leuchtet
Russisches Heldenblut.

Und auf dem ganzen starken Schädel
Ersteht ein dichter Wald.
Die Hände hacken einen Wald zu Späne,
Wenn du zum Beil nur greifst.

Die Augen und die Wangen: Feuersbrünste.
– Ach, welch ein gutes Blut!
Schaut, wie er steht, die Hände in den Hüften,
Dort mitten auf dem Hof!

Die ganze Welt würd'st du zertrümmern –
Der Ärmel läßt's nicht zu.
Ich lächle über deine Räubergüte,
Vertrau' mich deiner Brust.

Und nach entfernten Landen suchend
– Was mag das wohl für Neuland sein? –
Lach' ich – denn Himbeerblut und heil'ges
Rußland –
Das ist doch alles dein!

---

18 Jahre. Kommunist. Ohne Stiefel. – Haßt die Juden. – In der letzten Minute, als die Weißen in Woronesch einmarschierten, schrieb er sich in die Partei ein. – Unlängst von der Krim-Front zurück. – Entließ Offiziere nach Augenschein. – Jetzt lebt er in einer schwülen – halbpopischen halbintelligenten k[onservativen] r[ussischen? – B. E.] Familie (Familiengattung!) – hackt Holz, schleppt Wasser, bewegt 50 Pud schwere, unverbrennbare Schränke, an den Sonntagen reinigt er den Augiasstall (das nennt er „Sonntägler"), von morgens bis abends hört er sich das Grollen und das Schlangengezisch auf die Sowjetmacht an – er hört mit gesenkten Augen zu (wunderbare Augen! die eines dreijährigen Jungen, der noch nicht ganz eingeschlafen ist!); nachdem er die Arbeit in seiner „Kommune" getan hat (alles seine Terminologie!) geht er zum Fürsten Schachowskij, um dasselbe zu tun, – hört sich dasselbe an, – zu Skrjabins – wo er sich nichts anhört, aber täglich Holz für vier Öfen und Herde sägt und spaltet! – (endlich haben sie einen aufgestellt!) – zu Sajzews[43] usw. – bis in die späte Nacht, die Bemühungen zur Befreiung Bekannter und Bekannter von Bekannten aus schwierigen Situationen nicht gerechnet.
Er gilt als Dummkopf. Sein Aussehen: hünenhaft.

Himbeerfarbene Röte über die ganze Wange, ein ungestümer Wirbelsturm – das ganze Blut ist frisiert! – das Haar, große, wie Edelsteine blitzende schwarze Augen, ein wuunderbaarer unschuldiger kleiner Mund, gerade Nase, eine sehr weiße hohe Stirn. Breitschultrig, – ein Partner – bis zum Gehtnichtmehr! – für mein Zaren-Mädchen.
Eine außergewöhnliche – reine, 18jährige – Ernsthaftigkeit des ganzen Wesens. – Bücher liest er bis zu fünfmal, um einem SINN auf die Spur zu kommen, den der Autor leichtsinnigerweise vergessen hat, er *verehrt* die Kunst, für ein Gedicht von Tjutschew geht er ins Feuer, ins Wasser, – *Lieblingslektüre* – für seine Seele: Märchen und Bylinen. Er schwärmt für Tannen, Jahrmärkte, freut sich, daß es in der Rus noch „gute standhafte Popen" gibt (selbst glaubt er nicht an Gott!.).
Sich selbst hält er aufrichtig und bekümmert für schlecht, leidet unter jeder fremden Kränkung, unablässig erforscht er sich selbst, – das ist alles zu leicht! – es muß schwerer sein! – Schwierigkeiten gibt es nicht, er nimmt alle Sünden der Sowjetmacht auf sich, jeden Tod, jedes Verderben, jedes Pech eines vollkommen fremden Menschen! – er hilft *jedem* von der Straße, – er besitzt nichts! – hat alles weggeben und verstreut! er geht in einem Leinenhemd mit abgeschnittenem Kragen – von allen seinen Sachen liebt er nur seinen Mantel, – in ihm schläft er, an den Füßen trägt er Gamaschen und Leinenpantoffeln ohne Sohlen – „ich gehe so schnell, daß ich es nicht merke!" – ehrfurchtsvoll spricht er das Wort „Genosse" aus, und er hegt eine vor allem kindliche, hilflos sehn-

suchtsvolle, ekstatische Liebe zu seiner eben verstorbenen Mutter.

Unsere Begegnung. – T. F.[44] und ich sind bei Freunden von ihr. Ein großer Rotarmist tritt ein. Himbeerfarbene Feuersbrunst von Röte. Er stellt sich vor und sagt mir direkt ins Gesicht: „Ich habe Ihre Gedichte über Moskau gelesen. Ich habe Sie sofort dafür liebgewonnen. Ich wollte Sie schon lange sehen. Aber man hat mir hier gesagt, daß Sie mir nicht einmal die Hand reichen würden." – ?. – „Weil ich Kommunist bin."
– „O, ich bin ein gebildeter Mensch! Außerdem (unschuldig!) ist ein Kommunist nicht auch ein Mensch?" – Pause. – „Aber von welchen Gedichten über Moskau sprechen Sie?" – „Über die im *Wesennij Salon Poetow*."[45] Ich: – „A-a"... (Erinnern Sie sich?) – Pause. – Er: – „Wie soll ich Sie anreden? Hier nennen Sie alle Marina." – Irgend jemand: „Wenn man einen Menschen kaum kennt, redet man ihn mit Vor- und Vatersnamen an." Ich: – „Nennen Sie mich, wie es Ihnen bequemer – angenehmer ist."
– Er: – „Marina – das ist so ein schöner – echter Namen, da braucht man keinen Vatersnamen!"
Er begleitete mich. Wir trennten uns – Lann, loben Sie mich! – an meinem Haus. Am folgenden Tag las ich ihm bei den Skrjabins das Zaren-Mädchen vor. Er hörte zu, streckte sich am Ofen aus wie ein Bär. Er begleitete mich. – „Mir tut es leid um den Zarensohn, warum hat er immer geschlafen?" – „Und um die Stiefmutter?" – „Nein, die Stiefmutter ist ein dummes Weib." Am Aufgang – Lann, loben Sie mich! – trennten wir uns.

Am nächsten Tag (das dritte Treffen ganz unter Leuten!) las ich ihm bei mir das Zaren-Mädchen zuende vor. Er lauschte, wie Alja es ausdrückte, wie ein dreijähriger Junge, der alles glaubt, weil die Kinderfrau es selbst *gesehen* hat! – Dieses Mal – Lann, loben Sie mich nicht! – trennen wir uns am Eingang, – erst um acht Uhr morgens.
Die Nacht verlief so: Lesung – Gespräch über das Zaren-Mädchen – langes Gespräch über ihn. Meine ewige Vorsicht, ihn nicht zu rühren, nicht zu kränken, – mein vollkommenes Stillschweigen über diese kummervollen Jahre – sein Erschrekken über meine Wohnung – meine Heiterkeit als Antwort, – sein Wunsch, Holz zu hacken – mein Verbot als Antwort – der Vorschlag, sich auf der Krim einzurichten – meine Begeisterung als Antwort.
Seine Erzählung über den Krim-Feldzug – wie er Offiziere entlassen hat (ohne von mir, von S. zu wissen) – wie er Frauen beschützt hat – eine offenherzige, bestürzte und begeisterte Erzählung – sein bester Freund fiel an der weißen Front. – Fünf Minuten lang schlafe ich. Ich öffne die Augen. – Es ist dunkel. – Jemand klopft mit leichter Berührung an meine Schulter: – „M. I.! Ich gehe." – „Boris!" – „Schlafen Sie, schlafen Sie!" Ich, schlaftrunken: – „Boris, haben Sie eine Braut?" – „Ich hatte eine, habe sie aber durch eigene Schuld verloren." – Er erzählt. – Eine Ballerina, sehr hübsch, „sehr fraulich – sehr gebildet – sehr tiefgründig ... und, wissen Sie, so brei-eit!"
Ich höre zu und beiße mir in der Dunkelheit auf die Lippen. Ich weiß es im voraus. – Und natür-

lich weiß ich genau: die Ballerina hat außer dem Mann noch einen Mann und noch einen (das alles in ehrfurchtsvollem, wenn nicht andächtigem Ton) – doch sie braucht B., weil er sie nicht quält. Er ist ihr zwei Jahre lang zugetan (von seinem 16. bis zu seinem 18. Jahr!), im Endergebnis sieht er, daß sie nur seine – na? – na? materiellen Dienstleistungen braucht... Sie trennen sich.
Dann ein qualvoller Weg. Der Junge wurde eine Schönheit und ein Kommunist – finden Sie einen solchen Liebhaber! Und dort – im Waggon, an der Front und hier im Dienst – immer dasselbe: nur küssen! Und zu der Zeit stirbt seine Mutter. – Lann! – Ich hörte zu, und mir raste das Herz in der Brust vor Begeisterung und Rührung. Und er fuhr sich, ohne es zu bemerken, ohne zu verstehen, mit eisernen Händen durch die eisernen Locken und sagte leise und dumpf: – „Ich bin stolz, Marinotschka, ich habe niemals geliebt." – Wir rauchen. – Er geniert sich, etwas Fremdes zu rauchen. – „O, warten Sie ab, wenn man mir aus Woronesch einen Pelz schickt..." – „Dann schenken Sie mir hundert Zigaretten der 3. Sorte." – „Ihnen – von der 3. Sorte?!" – Seine Augen glühen trotz der völligen Dunkelheit so auf, daß es mir bis ins Gehirn hell wird. – „Mir ist es ganz gleich, außerdem – Sie rauchen doch bei mir jetzt auch die 3. Sorte – hier ist alles drittklassig, außer mir selbst!"

Es ist vier Uhr, fünf. – Ich schlafe wahrscheinlich wieder. – Eine zaghafte Stimme: – „M. I., Sie haben so angenehmes Haar, so leicht!" – „Ja?" – Pause und Lachen! – Aber was für eins!!!

– „Um Gottes willen, leiser, Sie wecken Alja! – Was lachen Sie so?“ – „Ich bin ein Dummkopf!“ – „Nein! Sie sind ein wunderbarer Mensch! Aber?“ – „Das kann ich nicht sagen, M. I., es ist zu dumm!“ – Ich, unschuldig: – „Ich weiß, Sie haben sicher Hunger und genieren sich. Um Gottes willen, hier sind Streichhölzer, dort auf dem Tisch ist Brot, Salz auf dem Regal am Ofen, – es gibt auch Kartoffeln.“ Und, schon schwärmerisch: „Um Gottes willen!“ Er, ernsthaft: – „Das ist es nicht!“ Ich, blitzartig: – „Ah! Dann weiß ich es! Nur ist es hoffnungslos, bei uns ist alles eingefroren. Sie müßten spazierengehen, ich bin nicht schuld, – Sowjet-Moskau, mein Freund!“

Er: – „Ich soll gehen?“ – Ich: – „Wenn Sie müssen.“ Er: – „Ich muß nicht, vielleicht brauchen Sie es?“ Ich, verletzt: – „Ich brauche nie etwas.“ Er: – „Was?“ – Ich: – „Ich brauche nichts – von niemandem – niemals.“

– Pause. – Er: – „M. I., Verzeihen Sie mir, aber ich habe Sie nicht ganz verstanden.“ – „Ich habe überhaupt nicht verstanden.“ – „Wovon reden Sie?“ – „Ich rede davon, daß Sie etwas müssen – nun, etwas – nun, auf ein Örtchen gehen – und daß Sie nicht wissen, wo es ist, und Sie lachen“ – Er, ernsthaft: – „Nein, M. I., das muß ich nicht, ich habe nicht deshalb gelacht.“ – „Aber warum?“ – „Soll ich es sagen?“ – „Sofort!“ – „Nun, kurz – (wieder Lachen) – ich bin ein Narr – aber ich hatte plötzlich so schrrrreckliche Lust, Ihnen über den Kopf zu streicheln.“ Ich, ernsthaft: – „Das ist überhaupt nicht töricht, das ist sehr natürlich, streicheln Sie, bitte.“ Lann! – Wenn ein Bär eine Libelle streichelt

– es könnte nicht zärtlicher sein. – Ich liege da und bewege mich nicht. – Er streichelt mich lange. Schließlich sage ich: „Und jetzt gegen den Strich, von unten nach oben – nein, vom Nacken her – das habe ich so gern!" – „So?" – „Nein, etwas tiefer – so – wunderbar!" – Wir sprechen, fast laut. Er streichelt mich, ich erzähle ihm von meinem Hang, die Welt in zwei Klassen zu teilen: Leib und Seele.
Ich spreche lange, denn er streichelt mich lange.

Es ist fünf, sechs.
Ich: – „Boris, Sie sind bestimmt erfroren, wenn Sie wollen, setzen Sie sich zu mir." – „Das wird Ihnen unbequem sein." – „Nein, nein, Sie tun mir leid, setzen Sie sich. Aber zuerst nehmen Sie sich Kartoffeln." – „M. I., ich will gar nichts essen." – „Dann gehen Sie." – „M. I., ich möchte sehr gerne neben Ihnen sitzen, Sie sind so wunderbar, so gut, doch ich fürchte, daß ich Sie in Verlegenheit bringe." – „Keineswegs." – Er setzt sich auf die äußerste Kante. Ich – galant – rücke ab, wachse in die Wand hinein. – Schweigen. – „M. I., Sie haben so klare Augen – wie Kristall – und so fröhliche! Mir gefällt Ihr Äußeres sehr."
Ich, kindlich: – „Und jetzt singen Sie mir ein Wiegenlied" – und die Mundwinkel einziehend: – „Wissen Sie welches? Abend war's – die Sterne blinkten – draußen knisterte der Frost... Kennen Sie das? – Aus einer Kinder-Chrestomatie..." (O, Lann, Lann!)
– „Ich kenne es nicht." – „Dann ein anderes, und sei's die Internationale, nur mit anderem Text – oder – wissen Sie was, Boris, küssen Sie mich auf

ein Auge! – Auf dieses!“ – Ich recke mich. – Er, erfreut und laut: – „Darf ich?“ – Er küßt mich, als würde er trinken, sehr zärtlich. – „Nun aufs andere!“ – Er küßt. – „Nun aufs dritte!“ – Er lacht. – Ich lache.

So nach und nach, wenn Sie sich erinnern, in Goethes Ballade „Der Fischer“: „Halb zog sie ihn, halb sank er hin...“ [Im Original dt. – B. E.].

Er küßt mich ganz ganz leicht, drückt so, daß die Knochen knacken.

Ich: – „Boris! Verpflichtet mich das zu nichts?“ – „Was?“ – „Daß Sie mich küssen?“ – „M. I.! Was sagen Sie da!!! – Und mich?!“ – „Das heißt?“ – „M. I.! Sie sind nicht wie andere Frauen!“

Ich, unschuldig: –„Ja?“ – „M. I., ich mag doch das alles nicht.“

Ich, mit Pathos: – „Boris! Und ich *hasse* es!“ – „Das ist es gar nicht, – es ist so traurig danach.“ – Pause. – „Boris! Wenn Sie zehn Jahre alt wären...“ – „Nun?“ – „Dann würde ich Ihnen sagen: Boris, Ihnen ist es unangenehm und bestimmt verhaßt, daß ich liege. – Aber Sie sind 16?“ – Er: – „Schon 18!“ – „Ja, 18! Nun, so ist das.“ – „Wozu sagen Sie das?“ – „Verstehen Sie nicht?“ Er als Antwort: – „M. I.! Ich bin ein wirklicher Dummkopf!“ – Ich: – „Ich will es so sagen: wären Sie ein Junge – ein Kind – würde ich Sie einfach zu mir nehmen – unter den Flügel – wir würden nebeneinander liegen und uns aneinander freuen – ganz unschuldig!“ – „M. I., glauben Sie mir, ich wünsche mir das so!“ – „Aber Sie sind erwachsen.“ – „M. I.! Ich bin nur so hochgewachsen, ich gebe Ihnen mein Partei-Ehrenwort!“ – „Das glaube ich, aber verstehen Sie,

Boris, Sie sind mir lieb und wert, ich möchte Sie nicht verlieren, aber wer weiß, ich weiß fast mit Sicherheit, daß Sie mir hinterher viel weniger nahe sein werden. Und noch etwas, Boris, – *ich muß fahren*[46], das alles ist sehr kompliziert...“
Er, plötzlich wie ein erwachsener Mensch, aus dem tiefsten Innern: – „M. I., ich bin sehr gefaßt.“
(Gefaßt – verwirrt – das Arbeitszimmer M-skijs – Lann!...)
Ich strecke die Arme aus.
Lann, wenn Sie mich ein wenig verstehen, freuen Sie sich für mich! – Der wievielte Abend schon – der Jüngling standhaft – Knochen krachen – die Lippen leicht – wir sind fröhlich, reden dummes Zeug, sprechen über Rußland – und alles wie es sein muß: für ihn und für mich.
Manchmal sage ich, müde vor Zärtlichkeit – „Boris! Vielleicht doch?“
– „Nein, M. I.! Marinotschka! – Das geht nicht! – Ich verehre die Frau so sehr, und besonders Sie – Sie sind eine qualifizierte Frau – und ich habe Sie sehr, sehr liebgewonnen – Sie erinnern mich an meine Mutter – und vor allem – Sie fahren bald fort, Sie haben solch ein schweres Leben, – und ich möchte, daß Sie mich in *guter* Erinnerung behalten!“

---

22. russischer Januar 1921

– Nachts schreibe ich mit ihm das Zaren-Mädchen ins reine. Ich schlafe ein – wache auf – äußere schlaftrunken etwas – und falle wieder in Schlaf. Er läßt mich nicht ich selbst sein, fröhlich sein – abschweifen. – „Marinotschka! Ich bin hier, um eine Arbeit zu tun – ich habe schon ein unruhiges

Gewissen – alles geht so langsam voran! – fröhlich sein können Sie mit anderen!"
– Lann! – 18 Jahre! – Ich bin 10 Jahre älter! – Und schließlich erwachsen – und *ein anderer* schaut mir in die Augen! Eines weiß ich: so hat mich – schon seit zehn Jahren – niemand geliebt. – Ich vergleiche nicht – das wäre komisch! – stellen Sie uns nebeneinander und amüsieren Sie sich! – aber es ist das gleiche – fast kindliche! – Gefühl der Unschuld, des Vertrauens – der Besänftigung in der fremden Seele.
Lann, mich lieben augenscheinlich nur Jungen, die ihre Mütter wahnsinnig geliebt und sie in der Welt verloren haben, – das ist mein Vorzeichen.
Lann! – Für mich ist das alles sehr schwer. – So ein tiefes Schweigen. Asja weiß in beiden Briefen nichts von ihm, sie hat ihn ein Jahr nicht gesehen. Ihre letzten Briefe waren an Max, zu Anfang des Herbstes.[47]
– *Diesen* liebe ich nicht, – seltsam! – nein, ich liebe ihn sehr, – einfach und zärtlich, voll Dankbarkeit für seine Jugend – seine Uneigennützigkeit und Reinheit.
Dafür, daß für ihn „Genosse" klingt wie für S. „Zar", dafür, daß er, trotz seines Himbeerbluts (dank dessen!), umkommt. – Er wird sich nicht verstecken. – Und fast frech: – „Daß niemand um mich trauert!"

Lannchen (mit weichem L!) – gleichgültiger Gesprächspartner meiner Seele, kluger und unvernünftiger Lann! – Bedauern Sie mich für mein trauriges Leben!

Ich schreibe den Jegoruschka – mit Leidenschaft! – Dann ist irgendwo in der Ferne der Usurpator – ganz in den Wolken – Jeanne d'Arc.[48]
Ich lebe davon, gar nicht einmal vom Schreiben, sondern von dem Regenbogen in die Zukunft!
– Lann, dies ist mein erster[49] Brief an Sie, ich warte auch auf Ihren ersten.

Leben Sie wohl, mein Spuk – Vision! – Lann.

M. Z.

---

9. russ. Februar 1921 – Der Brief ist liegengeblieben. Ich schreibe nochmal. – Warte auf einen Brief. – Schicke das Roß und Blok.[50]

5

Moskau, 16. russischer Juni 1921
Mein lieber Lann!
Ich bin soben aufgewacht: die ersten Vögel. Soeben sah ich im Traum: zuerst Boris, dann S.
Mit B. habe ich gelacht (der gewöhnliche Weg meiner Zärtlichkeit zu ihm), aber S. habe ich nur gesehen: er lag im Krankenhaus. Ich erinnere mich an eine Krankenschwester und Wattetampons. Jede Nacht sehe ich S. im Traum, und wenn ich dann plötzlich erwache, möchte ich nicht mehr leben – nicht allgemein, sondern ohne ihn.
Das Zutreffendste, was ich Ihnen über mich sagen kann: das Leben ist davongegangen und hat einen Abgrund freigelegt, richtiger, der Schaum ist verschwunden.

Ich bin nun schon einen Monat ohne Alja[51], – unsere dritte Trennung über eine so lange Zeit. Das erste Mal war sie noch kein Jahr alt, dann, als ich nach dem Oktober[Revolution] fortfuhr, richtiger, fortgebracht wurde, und jetzt.
Ich sehne mich nicht nach Alja, ich weiß, sie hat es gut, ich besitze ein vernünftiges und gerechtes Herz, – so eines, wie andere, *wenn sie nicht lieben.* Sie schreibt selten: sich selbst überlassen, wird sie Kind, d.h. zu einem vergeßlichen und den Schmerz fliehenden Wesen (und ich bin ja der Schmerz in ihrem Leben, *der Schmerz ihres Lebens*). Ich schreibe selten: ich will nichts verdüstern, jeder meiner Briefe wird sie einige Pfunde Gewicht kosten, deshalb in fast zwei Monaten nur zwei Briefe.
Und dann: ich habe mich so an die Trennung gewöhnt! Als hätte ich mich in der Trennung niedergelassen. Ich beginne zu glauben – ganz ernsthaft –, daß ich für Alja schädlich bin. Mir, die ich nie ein Kind war und deshalb für immer eines bleiben werde, – mir ist ein Kind, ein vergeßliches und vor dem Schmerz fliehendes Wesen, immer fremd. Meine ganze Erziehung: Gejammer vom Helden. Alja hat es bei anderen besser: sie waren Kinder, dann haben sie alles vergessen, taten ihre Schuldigkeit und glaubten aufs Wort, daß Kinder „andere Gesetze" haben. Deshalb lacht Alja bei anderen, bei mir aber weint sie, bei anderen nimmt sie zu, bei mir magert sie ab. Wenn ich sie für ein Jahr bei den Sajzews lassen könnte, würde ich das tun, – nur um zu wissen, daß sie gesund ist!
Ohne mich wird sie natürlich keine Gedichte

schreiben, wird nicht an ihr Heftchen gehen, denn die Gedichte – das bin ich, das Heftchen ist der Schmerz.
Dies ist ein Versuch, vorläufig gelingt er prächtig.

Irgendwann, lieber Lann, werde ich meinen Geist zusammennehmen und Ihnen die Gedichte dieser letzten Monate schicken, Gedichte, die schwer zu schreiben und sinnlos zu lesen sind. (Für mich vor anderen.) – Ich schreibe sie, weil ich, eifersüchtig auf meinen Schmerz, mit niemandem über S. spreche, – ja, mit niemandem. Asja hat genügend Eigenes, *und sie hatte keinen S.*
Diese Gedichte sind der Versuch, sich an die Oberfläche durchzuarbeiten, er gelingt für eine halbe Stunde.[52]

Gestern habe ich mit W-skij[53] sein Manuskript „Lorbeer" korrigiert, – acht Pfund schwer, dicht in meiner Handschrift geschrieben. – „Ich danke Ihnen, daß Sie mir geholfen haben, mein ‚Kind' zu verbessern!" – Er liebt dieses Manuskript tatsächlich wie sein Kind, – aber auch wie ein Kind. Jetzt werde ich die „Wanderungen" korrigieren, danach „Heimat". Das ist mein Gehorsam. Im Gesicht W-skij liebe ich die Alte Welt, die S. so geliebt hat. Diese Wersten gedruckter Buchstaben führen mich zu S. Mein Verhältnis zu W-skij ist *nichtmenschlich*, um nicht zu drohen: literarisch. – Amitié littéraire. Ich werde von ihm auf eine weltfremde Art geliebt, mit einem Gefühl, das etwas ähnlich ist wie:

> Die Sterne, die begehrt man nicht –
> Man freut sich ihrer Pracht![54]

Im Winter wird er in P. sein, ich werde nicht hingehen können, er wird mich vergessen.

Asja lebt in Pluschtschicho[55], einen Baum und die Moskwa vor dem Fenster. Die Züge heulen und tosen. Ein armseliges, fröhliches, aufwühlendes, heroisches Zimmer. Wir leiden einträchtig Not: Seit März gab es keine Zuteilung mehr. Andrjuscha in Kompressen mit grausamer Bronchitis. Kindlichkeit, Inspiriertheit, Scharfsinnigkeit und emotionale Hilflosigkeit, Freigebigkeit, – ganz Boris. Ein zauberhafter Junge, um den es mir unsäglich leid tut. Doch darüber zu sprechen gehört sich nicht: hier werden nicht Worte gebraucht, sondern Milch, Brot usw.
Dies, lieber Lann, ist auch alles, was ich Ihnen erzählen kann. – Ach, ja! – Zur Zeit geht ein Buch mit meinen Gedichten in Moskau herum, von weit her[56]. A. W.[57] würde sich freuen.

Ich denke an Sie, sehe Sie als erste Stufe meines Aufstiegs nach so vielen Niedrigkeiten, W-skij als die zweite, weiter gibt es keine Menschen, – es ist vollkommen leer.
Zu Ihnen als dem einzigen von allen Menschen auf der Erde geht jetzt meine Seele. Etwas verbindet Sie mit B. und mit S., Sie stammen aus meiner und Asja Jugend – aus *jenem* Leben.
Ich frage Sie nicht danach, wann Sie kommen und ob Sie kommen, es genügt mir zu wissen, daß ich mich immer an Sie wenden kann.
– Meine letzte irdische Bezauberung!

MZ.

7

Moskau, 10. r. Sept. 1921
Lieber Lann!
Ich verweise Emil Lwowitsch Mindlin[58] an Sie, er war einen Monat lang mein Gast, wir haben uns angefreundet, er hat mir in allem geholfen, seien Sie so lieb, beherbergen Sie ihn, wenn es nötig ist.
Es gibt doch jetzt eine Gesamtbürgschaft, Lann.
Ich lebe dem Traum und der Hoffnung auf ein Wiedersehen mit S. Emil Lwowitsch wird Ihnen alles erzählen.
Ich bin in Eile. Alja spielt jetzt eifrig auf der Drehorgel: ein neues Abschiedsritual. Ich denke mit Dankbarkeit an Sie (ich würde gern schreiben: mit Zärtlickeit. – Dankbarkeit ist genauer!)
Asja führt ein sehr schweres und vornehmes Leben.
Wir beide sind für immer Ihre Freunde.

Marina

– Alja küßt Sie. –

An Jewgenij Lann

1

Ich kenne diese samtene Vergänglichkeit
– ein Panzer, sich'rer noch! – entlang den
frierenden gebeugten Schultern.
Ich kenne diese Höhlungen: zwei Falten
Entlang dem Samt der Brust –
An die ich mich nicht schmiege – wenn sie
auch sanft

Zur Wange sind! – an die ich mich nicht
schmiege – denn
Es bekümmert mich: die Wange kommt zum
Samt,
Nicht aber kommt die Brust zur Wange!
Und in des Gerechten Händen ruht dein Kopf
Ich weiß – ist in Zypressenhänden
Gehalten und geneigt – um ihn nun leichter
In meine umzubetten, –
In die er jedoch nicht gelegt wird
Und die – in großer Gleichmut
Geöffnet sind – so wie zwei Seiten eines
Buches,
Erstarrt schon längs der Knie.

2

Nenne keinem meinen Namen,
Ich bin dein Seraphim – Freude auf Zeit.
Küß' mich auf meinen Scheitel nur ganz leicht
Und lockere ihn spät am Abend.

Ganz ohne Licht saßen wir nächtens:
Du wirst meine Gesichtszüge vergessen.

Dieser Seufzer kann dich nicht verwirren –
Weiß Gott! – und auch nicht das zerdrückte
Kleid.
Kann denn auf der Geliebten Mund, mein
Freund,
Ein solches Lied erblühen?

Versöhn' dich mit der Welt – in gleicher
Weise,
Wie du den Jungen aus dem Kirchenchor
gestreichelt.

Geist und Kinder – wird man niemals zählen,
Die Kinder, sie haften für die Seelen nicht.
Die Hände hier – sie würgen wie ein Strick,
Und diese Zärtlichkeit wird uns verbrennen!

Denk' dran, wie ich, mit hängenden Armen,
Versteinert auf dich starrte!

Ich werd' dich nicht in deinem Haus
besuchen, –
Will dein Gewissen – noch so jung! – befrei'n.
Du siehst, zur großen Schlacht bereit,
Geh' ich allein hinaus ins Dunkel.

Und ich verspreche dir: kein gold'ner Vogel
Wird gegen deine Fenster stoßen.

3

Leb wohl! – wie rieselt er durchs Land –
Leb wohl! – der Klang!
Und wie er aufgebracht die Lippen trocknet
– Das Firmament ist aufgewühlt, wie toll.
In dieses eine Wort – leb wohl! –
Ist meine ganze Seele eingeflochten.

1 Marina Zwetajewa, Unveröffentlichte Briefe. [Neisdannyje pisma] Paris 1972, S. 43.
2 D. A. M-skij: Maljarowski – eine nicht identifizierte Person (in der dritten Erwähnung ist A. D. ein Schreibfehler Zwetajewas).
3 W. W. Alexejewa-Meschijewa (1898-1973), eine talentierte Schauspielerin, die in Travestie-Rollen auftrat.
4 J. K. Malinowskaja (1875-1942), Persönlichkeit des öffentlichen Lebens und des Theaters, sie leitete eine Zeitlang die Moskauer akademischen Theater.
5 Alja, die Tochter Zwetajewas, Ariadna Sergejewna Efron (1912-1975). Die von ihr verfassten Erinnerungen an ihre Mutter (*Swesda*, 1973, Nr. 3 und 1975, Nr. 6) sind ein sehr guter Kommentar zu den hier veröffentlichten Briefen.
6 T. W. Tschurilin (1892-1944), ein Dichter, den Zwetejewa 1916 kennenlernte. An ihn sind einige Gedichte des Bandes „Wersty I", Moskau 1922, gerichtet.
7 T. F. Skrjabina (1883-1922), Witwe des Komponisten A. N. Skrjabin, eine enge Freundin Zwetajewas in jenen Jahren. „Eine schöne, melancholische, graziöse Frau, bei der sich ein kleiner Kreis von Leuten versammelte, die mit Kunst zu tun hatten" (A. Efron, *Stranicy wospominanija* [Blätter der Erinnerung], *Swesda*, 1973, Nr. 3, S. 179).
8 Zwetajewa besaß einen Pelz, der aus einer gestreiften („getigerten") Decke genäht war.
9 Der Smolenskij-Markt, in der Nähe des alten Arbat.
10 Zwetajewa erinnert an die tragischen Ereignisse des Winters 1919-1920, als sie ihre Töchter in das Kunzewskij-Heim gab, in der Hoffnung, sie vor dem Hungertod retten zu können. Die jüngere Tochter, Irina (1917-1920), starb im Heim, Alja erkrankte nur schwer, sie wurde im Krankenhaus der Roten Armee behandelt, danach nahm Zwetajewa sie zu sich.
11 W. M. Wolkenstein (1883-1974), Dramaturg und Kritiker. Im Herbst 1921 war Zwetajewa zusammen mit ihm im Kreml bei Lunatscharskij, um um Hilfe für die hungernden Schriftsteller auf der Krim zu ersuchen.

12 I. S. Rukawtschikow (1877-1930), Dichter und Schriftsteller, der erste Direktor des im Frühjahr 1919 in Moskau eröffneten Palastes der Künste. Zwetajewa erzählt in einem 1934 (in französischer Sprache) geschriebenen Essay „Die Begebenheit mit den Pferden" von ihm.

13 „In jenen Jahren war der Palast der Künste nicht nur Dienststelle, Konzertsaal, Klub, sondern auch Wohnhaus", erinnert sich A. S. Efron: „In einem der Flügel wohnten die ‚Hausbediensteten', aber ebenso auch viele Literaten, Sänger, Maler. Auf dem Hinterhof waren Büros eingerichtet, hier lebte auch eine Zigeunerfamilie – eine Reinigungsfrau mit ihrem Mann (Chauffeur und Schlosser) und ihren beiden Kindern. Marina schaute oft bei ihnen vorbei und half Antonina Lasarewna sogar bei einer Näherei, nur um ihre (Leskowschen) Erzählungen hören zu können. Sie sagte im Scherz, sie schreibe ein Buch ‚Zigeunergeschichten'." (*Swesda*, 1973, Nr. 3, S. 172).

14 S. T. Konenkow (1874-1971), Bildhauer. Im Dezember 1920 schrieb Zwetajewa das Gedicht „An die kurzen Flügel der Haare erinn're ich mich...", das deutlich das Aussehen Lanns heraufbeschwört und mit Paganini verbunden ist (es ging in den Band *Psicheja* [Psyche], Berlin 1923, ein).

15 Serjoscha, S., S. Ja., S. Efron (1893-1941?), Zwetajewas Mann, den sie diese ganzen Jahre über nicht sah und von dem sie lange keine Nachricht hatte. Die zunehmende Sorge über sein Schicksal in diesem Winter war auf die Zerschlagung der Weißen Armee auf der Krim, in deren Reihen Efron kämpfte, zurückzuführen.

16 A. I. Zwetajewa (geb.1894), die Schwester Zwetajewas, lebte vom Sommer 1917 mit ihrem Sohn Andrej unter äußerst schwierigen Bedingungen auf der Krim; mehr als zwei Jahre hatte Zwetajewa überhaupt keine Nachricht von ihr. Die Krim wurde erst am 17. November 1920 von der Roten Armee eingenommen.

17 Lann.

18 Anscheinend ist hier von W. D. Milioti (1875-1943) die Rede, der einige Male in den Erinnerungen von A. S. Efron erwähnt ist.

19 B. S. Truchatschew (1892-1919), der erste Mann A. I. Zwe-

tajewas. Marina Zwetajewa war ihm sehr verbunden und litt sehr unter seinem Tod (durch Flecktyphus).

20 Sic.

21 P. G. Antokolskij (1896-1978), Dichter. Zwetajewa erzählt in *Powest o Sonetschke* (Erzählung von Sonetschka) von ihm, dem das Gedicht „Ich schenke dir einen eisernen Ring" (März 1919) gewidmet ist. Über ihre Begegnungen mit ihr hinterließ Antokolskij Erinnerungen (P. G. Antokolskij, Gesammelte Werke, Bd. 4, Moskau 1973, S. 36-76).

22 Im Dezember 1920 entstanden die Gedichte: „Hab Mitleid" („Ist er dir kein Mann?..."), „Die Klage der Jaroslawna", „Ein gutes Neues Jahr!", „Heerlager der Schwäne", „Die kurzen Flügel der Haare...", „Ich weiß, ich sterbe in der Dämmerung..." und unmittelbar nach Neujahr das Poem *Na krasnom kone* (Auf rotem Roß).

23 An Lann sind drei Gedichte der Zwetajewa gerichtet. Das erste („Ich kenne diese samtene Vergänglichkeit...", *Literaturnaja Rossija*, 1980, 2. März) entstand kurz nach der Ankunft Lanns in Moskau; die beiden anderen kurz vor seiner Abreise, am selben Tag – „Leb wohl" (früher nicht veröffentlicht) und „Nenne keinem meinen Namen" (es ging in den Band *Psicheja*, Berlin 1923 ein). Vgl. Anlage.

24 Anscheinend gab es zwischen Lann und Zwetajewa einen Streit darüber, ob es in Moskau eine Gasse mit diesem seltsamen Namen gibt.

25 „Belaja staja" (Die weiße Schar), Gedichtband A. A. Achmatowas (1917).

26 Die Rede ist von dem Gedicht „Hab Mitleid" („Ist er dir kein Mann..."). Zwetajewa schloß dieses Gedicht in einen 1940 zur Veröffentlichung vorbereiteten Band ein, der dann aber nicht erschien.

27 A. A. Potebnja (1835-1895), bedeutender russischer Philologe. Es ist bekannt, daß Lann sich zu dieser Zeit sehr für dessen Arbeiten begeisterte.

28 „Seine Gedichte sind mir völlig fremd, aber sie sind wie eine Lawine! unüberwindlich", schrieb Zwetajewa ihrer Schwester zehn Tage später (Marina Zwetajewa, Unveröffentlichte Briefe, Paris 1972, S. 41).

29 Mit dem Dichter und Theoretiker des russischen Symbolismus Wjatsch. Iwanow (1866-1949) war Zwetajewa seit

1915 bekannt, eine besondere Annäherung fand jedoch in den Jahren nach der Revolution statt. An ihn sind drei Gedichte gerichtet (April 1920): „Nicht Geliebte – Liebling..." (unveröff.) und „Du schreibst mit dem Finger in den Sand..." (2 Gedichte mit identischer erster Zeile, *Poslednije Nowosti*, 1928, Nr. 2659, 3. VII).

30 Lanns Gedicht „Roland", das uns aus einem Verzeichnis bekannt ist, ist von unserem Standpunkt aus von Zwetajewa überschätzt. In diesem Zusammenhang ist eine Bemerkung Antokolskijs darüber zu erwähnen, daß Zwetajewa das fremde Wort selbstlos liebte und bereit war, „zu Ehren eines fremden Erfolgs in goldene Trompeten zu blasen" (P. G. Antokolskij, Ges. Werke, Bd. 4, S. 55). Als einen Anklang an dieses Gedicht kann man Zwetajewas Gedicht „Rolandshorn" verstehen, das im März 1921 innerhalb von drei Monaten entstand.

31 In einem der Zimmer der Zwetajewaschen Wohnung in der Borisoglebskij-Gasse (heute ul. Pisemskogo) war ein Deckenoberlicht.

32 Zu diesem Brief ist von der achtjährigen Alja (A. S. Efron) handschriftlich hinzugefügt:

Moskau, 31. russischer Dezember 1920

Lieber Jewgenij Lwowitsch,

Heute ist der Abend vor Neujahr. Ich denke, daß Sie das Neue Jahr allein empfangen werden. Das Neue Jahr ist ja auch ein Tod – der des alten. Wir haben einen Tannenbaum, er ist groß, dürr – ein Jammerbaum. Überreste von früherem Schmuck. Oben ist Papas großer weißer Stern. Ich lag im Bett (ich schreibe absichtlich am Ende e, – vom volkstümlichen „postelja" [sonst: postel – w posteli *i* – B. E.]) – wegen Malaria, und fühlte mich wie ein Mädchen aus einem alten Kinderbuch: Tannenbaum – Krankheit – junge Mutter.

Seit Ihrer Abreise leben wir ein gutes Leben. Mama schreibt, ich schreibe. Wir schreiben Gedichte und Briefe an Asja. Von Zeit zu Zeit kommen Fremde, darunter ein Kommissar, ziemlich ländlich und unschuldig. Er seufzt wegen der Kaninchen und wegen Marina, raucht und kann schlecht schreiben. Neulich kommt er mitten in der Nacht, ich dachte, um uns festzunehmen. Es zeigte sich:

nur um zu schreiben. Er schrieb lange, Mama half ihm. Als er ging, fragte ich: „Werden Sie Mama nicht an der Hand führen?" – „Nein, Fräulein, ich werde sie nicht an der Hand führen." In uns allen war Unschuld: Dorf – Kind – Dichter. Bei einer Dame vom Land heißt es natürlich in Verbindung mit Hand weder an der Hand, noch bei der Hand, noch an den Händen. Und Mama ist natürlich, da sie schreibkundig ist, eine Dame. Ich glaube, so einer hat noch nie Damen verhaftet, sondern alles Männer, und mit Männern hat er freundschaftlich gesprochen und geraucht. Ich erinnere mich, wie Sie auf dem großen Diwan lagen in Ihrer Samtjacke und wie Sie sich beim Aufstehen die Hand umknickten. Marina freut sich jeden Tag, daß sie so viele Federn hat. Ich erinnere mich noch an Ihre gebratene Kartoffel, die brannte. Und das Grollen, mit dem Sie den Roland lasen (lautredeten).

Jetzt ist Morgen. Der Ofen brennt. Marina schreibt Asja einen Brief. Wenn ich mich ab und zu umdrehe, sehe ich ihren lustigen Schaffell-Kopf mit demselben kräuseligen Zigarettenrauch. Von Zeit zu Zeit unterbricht sie das Schreiben und beißt ein Stück Brot ab. Marina bittet, Ihnen auszurichten, daß das Ende des Roland die besten Verse *über* das Schlachtfeld und *auf* dem Schlachtfeld sind.

Ich schließe. Was soll ich Ihnen fürs Neue Jahr wünschen – Sie haben schon alles – einst hatten Sie Marinas Liebe.

Ich küsse Sie, einen Gruß an Ihre Frau.

Alja.

33 Iosif Schillinger (1895-1943), Komponist und Theoretiker, lehrte 1918-1922 am Charkower Konservatorium, danach leitete er das ukrainische Sinfonieorchester, schrieb Musik zu Theaterstücken. 1929 emigrierte er in die USA, lehrte am College an der Columbia-University. 1919 schrieb er die Sinfonie „Oktober". Er ist Autor des zweibändigen Werks „Das Schillingersche System der musikalischen Komposition" (New York, 1946).

34 D.h. in der Musikabteilung des Volkskommissariats für Bildungswesen, im Kammertheater, beim Komponisten N. K. Mettner (1880-1951).

35 D.h. in Feodosija waren M. A. Woloschin (Max), seine Mutter (Pra), M. P. Cuville (Maja – Übersetzerin, Dichterin,

spätere Frau R. Rollands), die Schauspielerin M. I. Kusnezowa. B. – B. S. Truchatschew.

36 Anscheinend der Bühnenbildner A. A. Arapow (1876-1949).

37 W. M. Bebutow (1885-1961), sowjetrussischer Regisseur, 1919 richtete er gemeinsam mit Ws. Mejerhold das 1. Theater der RFSFR ein.

38 Hier verwendet Zwetajewa den Titel des Artikels anscheinend ungenau. Und den nachrevolutionären Jahren erschienen in Petrograd im Verlag „Alkonost" drei Arbeiten Andrej Belyjs: „Krise des Lebens" (1918) „Krise des Denkens" (1919) und „Krise der Kultur" (1920).

39 Das Durcheinander in der Datierung dieses Briefes (zuerst 19. Januar und dann, auf der Rückseite desselben Blattes, 18. Januar) ist wohl damit zu erklären, daß Zwetajewa in ihrem Brief an Lann ihre Tagebuchaufzeichnung abschreibt.

40 *Na krasnom kone* (Auf rotem Roß), Poem, in fünf Tagen geschrieben (vom 31.Dezember 1920 bis zum 4. Januar 1921 nach altem Stil), ging in den Band *Rasluka* (Trennung) ein (Berlin, 1922), danach, in gekürzter Form, in den Band *Psicheja* (Psyche), Berlin 1923.

41 Das Gedicht „Der Bolschewik" geht in handschriftlicher Form als Epigraph dem Brief vom 18. Januar voraus. Soweit uns bekannt ist, wurde das Gedicht davor nicht veröffentlicht.

42 Der Held des Briefes ist Boris Iwanowitsch Bessarabow (1903-etwa 1970), späterer Agronom. In den 60er Jahren suchte er A. S. Efron in Moskau auf.

43 B. K. Sajzew (1881-1972), Schriftsteller, seit Anfang der 20er Jahre lebte er in der Emigration. Mit ihm und besonders mit seiner Frau Wera Alexandrowna stand Zwetajewa in der nachrevoultionären Zeit in Moskau in freundschaftlicher Verbindung. In Paris wurde das Verhältnis zur Familie Sajzew distanziert.

44 T. F. Skrjabina (vgl. Anm. 7).

45 In der Sammlung *Frühjahrssalon der Dichter* (Moskau 1918) sind folgende Gedichte Zwetajewas veröffentlicht: „Der Tag bricht an, ein trauriger, sagt man...", „Du gehst, der du mir ähnelst..." und Gedichte über Moskau: „Wenn der rothaarige Usurpator...", „Schwaches Läuten, Fastenläuten...", „Grischka der Dieb hat dich nicht polonisiert...".

46 Zwetajewa wartet die ganze Zeit auf Nachrichten über ihren Mann, um dann sofort zu ihm zu fahren.

47 Hier ist wiederum die Rede von S. Ja. Efron, von dem es keine Nachricht gibt. Zwetajewa weiß nur von Briefen Efrons an M. Woloschin zu Beginn des Herbstes 1920.

48 D.h. das Poem „Jegoruschka", an dem Zwetajewa Mitte Januar 1921 zu arbeiten begann. Drei Kapitel wurden beendet („Kindesalter", „Hirtenjahre", „Kaufmannsjahre"), es entstanden Rohentwürfe zu weiteren drei Kapiteln; 1928 nahm Zwetajewa die Arbeit an dem Poem wieder auf, vollendete es jedoch nicht. Teile des Poems veröffentlichte A. S. Efron in der Zeitschrift *Nowyj mir*, 1971, Nr. 10, S. 119-131. „Der Usurpator", „Jeanne d'Arc" sind anscheinend als Poeme geplant. Uns ist nur ein Gedichtzyklus bekannt: „Marina" (April 1921), der mit dem Thema des Usurpators verbunden ist.

49 Der erste Brief – wohl in dem Sinn des „ersten innerlich befreiten Briefes".

50 Das Poem „Auf rotem Roß" und der Band „Grauer Morgen" A. Bloks, der im Brief vom 15. Januar erwähnt wird.

51 Zwetajewas Tochter war bei der Familie Sajzew auf dem Land zu Gast.

52 In dieser Zeit schrieb Zwetajewa den an ihren Mann gerichteten Gedichtzyklus „Trennung" (Mai-Juni 1921).

53 S. M. Wolkonskij (1860-1937), Theaterkünstler und Kritiker. Seine Freundschaft mit Zwetajewa bestand ein ganzes Leben lang. An ihn ist der Zyklus „Der Schüler" (April 1921) gerichtet; später berief sich Zwetajewa mit einem großen Artikel, „Die Zeder. Eine Apologie", den sie in Moskau umschrieb, auf Wolkonskijs Buch „Heimat". Seinerseits schrieb Wolkonskij in seinem zweiten Buch, „Dasein und Sein", (Berlin 1924) Zwetajewa eine umfangreiche Widmung.

54 Aus Goethes Gedicht „Trost in Tränen" [im Original dt. – B. E.].

55 A. I. Zwetajewa kehrte am 22. Mai 1921 von der Krim nach Moskau zurück. Nach den Worten Anastasija Iwanownas kam B. I. Bessarabow zu Ostern nach Feodosija und überbrachte ihr von Marina ein Pud Mehl, die Manuskriptsammlung „Jugendgedichte" und ein offizielles Papier – den Aufruf nach Moskau zum Dienst.

56 Die Rede ist vor allen von den *Sowremennyje sapiski* (Paris). In den Nummer 6, 7 und 8 (1921), waren Gedichte Zwetajewas abgedruckt.

57 A. W. Kriwzowa (1896-1958), Übersetzerin, Lanns Frau.

58 E. L. Mindlin (geb. 1900), Schriftsteller. Seine Erinnerungen an Zwetajewa vgl.: E. Mindlin, Ungewöhnliche Gesprächspartner. Moskau 1968.

Die Briefe wurden zum Druck vorbereitet und mit Anmerkungen versehen von I. W. Kudrowa

Quelle: Wiener Slawistischer Almanach. Sonderband 3. Wien 1981. S. 161-194; Vorwort und Anmerkungen von W. M. Wolosow und I. W. Kudrowa.

Briefe
an
Rodsewitsch

Marina Zwetajewa: Briefe an Konstantin Rodsewitsch (Auszüge)

...Mein Harlekin! – So rufe ich Sie beim Namen. Der erste Harlekin in meinem Leben, in dem ich nicht einen Pierrot sehe. Ich liebe zum ersten Mal einen Glücklichen, und vielleicht suche ich zum ersten Mal das Glück und nicht den Verlust, ich möchte nehmen und nicht geben, sein und nicht verlorengehen! Ich fühle in Ihnen Stärke, das ist mir noch niemals passiert. Die Kraft, nicht mein ganzes Ich – ein Chaos! –, sondern mein besseres Ich, mein hauptsächliches Ich zu lieben. Ich habe niemals einem Menschen das Recht der Wahl gegeben: entweder alles oder gar nichts, doch in diesem *alles* – wie im ersterschaffenen Chaos – ist soviel, daß es ganz einfach ist, selbst darin verloren zu gehen, *sich selbst* zu verlieren, und letztlich mich...
Sie haben ein Wunder an mir getan, ich habe zum ersten Mal die Einheit von Himmel und Erde wahrgenommen. O, die Erde habe ich auch vor Ihnen geliebt: die Bäume! Ich habe alles geliebt, was ich lieben konnte, bis auf den anderen, den Lebendigen. Der andere hat mich immer gestört, ich konnte mit Lebendigen nicht umgehen! Daher das Bewußtsein: Nicht-Frau, Geist! Nicht leben – sterben. Ein Bahnhof.

Lieber Freund, Sie haben mich dem Leben wiedergegeben, in dem ich so viele Male versucht habe zu leben, aber es doch nicht eine Stunde lang konnte. Das war ein fremdes Land. O, ich spreche vom Leben mit großem Anfangsbuchstaben, nicht von dem kleingeschriebenen, das uns jetzt trennt. Ich spreche nicht vom Dasein, nicht von den kleinen Niedrigkeiten und Heucheleien – früher habe ich sie gehaßt, jetzt sehe ich sie einfach nicht mehr, *will* sie nicht sehen. O, wenn Sie bei mir blieben, würden Sie mich leben lehren – sogar im einfachen Sinne des Wortes: ich kenne schon zwei Wege in Prag! (Auf den Bahnhof und in die Kirche.) Mein Freund, Sie haben Vertrauen in mich, Sie sagten: „Sie können alles", und ich kann wahrscheinlich alles. Anstatt von meinen irdischen Leiden entzückt zu sein, sagten Sie, indem Sie einem anderen in mir den vollen Tribut zollten: „Du lebst noch. So geht es nicht", – und so geht es tatsächlich nicht, denn meine berüchtigte „Unfähigkeit zu leben" ist für mich ein Leiden. Andere gaben sich als Ästheten: sie ergötzten sich, oder als Schwache: sie hatten Mitleid. Niemand versuchte zu *heilen.* Meine Kraft täuschte in den anderen Welten: stark – *dort* – schwach – *hier.* Die Leute unterstützten nur mein Gespalten-Sein. Das war grausam. Man muß entweder heilen oder töten. Und Sie haben mich einfach l i e b g e w o n n e n ...

[...] Ich liebe Ihre Augen... Ich liebe Ihre Hände, so dünn und ein wenig kalt in der Hand. Die Plötzlichkeit Ihrer Erregung, die Unvorhersehbarkeit Ihres Lächelns. O, wie sind Sie so tief wahr! Wie sind Sie, bei all Ihrer Subtilität, doch so schlicht! Ein Spieler, der mich Menschlichkeit lehrt. O, wir beide waren vielleicht bis zu unserer Begegnung keine Menschen! Ich sagte Ihnen: Es gibt die Seele, Sie sagten mir: es gibt – das Leben.

Das alles ist natürlich erst der Anfang. Ich schreibe Ihnen von meinem Verlangen (Entschluß) zu leben. Ohne Sie und außerhalb von Ihnen wird mir das nicht gelingen. Das Leben kann ich *durch Sie* liebgewinnen. Wenn Sie mich loslassen – werde ich wieder fortgehen, nur mit noch größerer Bitterkeit. Sie sind mein erstes und mein letztes BOLLWERK (vor den Myriaden!). Treten Sie beiseite – und sie stürzen sich auf mich! Myriaden, Träume, geflügelte Pferde... und nicht nur ein Bollwerk vor den Myriaden: auch vor meiner Schlaflosigkeit, die immer mit irgendwessen Lippen auf meinen Lippen endet.
Sie sind meine Rettung vor dem Tod wie vor dem Leben. Sie sind das Leben. (Mein Gott, verzeih mir für dieses Glück!)

Sonntag – nein, schon Montag! – 3 Uhr morgens.
Mein Lieber, du gehst jetzt die große Straße entlang, allein, bei Mondschein. Jetzt verstehst du, warum ich dich unterbrochen habe bei: Liebe – Gott. Eben dies, mit genau denselben Worten, habe ich Dir gestern abend geschrieben, lies die erste Seite des Briefes noch einmal.
Ich liebe dich. [...]
...Ich will keine Erinnerungen, ich will kein Andenken, erinnern ist dasselbe wie vergessen, an seine Hand erinnert man sich nicht, sie *ist. Sei!* Gib mich nicht ohne Kampf auf. Liefere mich

nicht der Nacht, den Laternen, den Brücken, den Passanten, allem, allen aus. Ich werde Dir treu sein. Denn ich will, ich kann keinen anderen haben (werde es nicht wollen, nicht können!). Denn Du wirst mir *das* geben, was Du mir gegeben hast, wie es mir niemand gegeben hat, und etwas Geringeres will ich nicht. Denn Du bist einzigartig...

Quelle: *Swesda* 8, Leningrad 1986, S. 168-9.

Briefe
an
Gronskij

Aus Marina Zwetajewas Briefen an N. P. Gronskij[1] [Hrg. und Anm. A. S. Efron]

[August 1928]

...Wird aus Ihnen ein Dichter oder nicht?

Zu den Gedichten sage ich: Sie haben zur Zeit keine Arbeits*ader*, Sie sind nachlässig, geben sich mit dem ersten Zufallstreffer zufrieden, Sie sind einfach träge. Aber es gibt bei Ihnen einzelne Zeilen, die *GELINGEN WERDEN* (d.h. ohne jegliche *Arbeit* werden sie nicht gelingen).

Um Dichter zu werden, brauchen Sie zwei Dinge: *WILLEN* und *EXPERIMENT*. Sie haben noch nichts, aus dem heraus Sie schreiben müßten.

Werfen Sie die Gedichte nicht fort, schreiben Sie plötzliche Zeilen auf, weitgeöffnete Schleusen – in die Dürre.

21.September 1928

...Sie haben eine ungeheuerliche Handschrift, wäre ich Wolkonskij, würde ich Ihnen sagen, daß eine solche Handschrift eine Respektlosigkeit gegenüber dem Adressaten ist; nein, einfach: würde ich *sagen*, ohne „Ihnen", Ihnen hätte er das nicht gesagt – eben deshalb sage ich es auch nicht. Wenn *meine* unleserlich ist, dann in ihrem Wesen, im Sinn jedes Buchstabens, aber nicht aus Schlamperei. Bei mir gibt es keine nicht zuendegeschriebenen Buchstaben. Konzentrieren Sie Ihre Hand. Haben Sie Mitleid mit den Buchstaben – diesen kleinsten Einheiten des Wortes. Jede ist ein „ich".

... Bei Ihnen ist die kleinste Einheit des Schriftbildes nicht der Buchstabe, sondern das Wort, ein geschlossenes Wort. Aber täuschen Sie sich nicht: Sie haben so sehr Ihr Alter überholt – nachdem Sie dem Verstand ausgewichen sind – *Klugheit*, Selbstliebe, *Stolz* usw., daß es mir peinlich ist, in Ihnen einfach das Schülerhafte zu sehen.
Zu den Gedichten: Sie nähren sich noch an der äußeren Welt (geschlechtsbedingt: Männer sind überhaupt äußerlicher als Frauen), die Nahrung des Dichters ist hingegen 1) die innere Welt, 2) die äußere Welt, die durch die innere hindurchgelassen wird. Sie tauchen das Sichtbare noch nicht in sich ein, Sie geben es wieder, wie es ist. Deshalb sind Ihre Gedichte oberflächlich. *Ihre Gedichte sind jünger als Sie.* Zu sich selbst heranwachsen und über sich hinauswachsen – das ist der Gang des Dichters.
Sie bleiben jetzt zurück (Sie wissen viel, was Sie noch nicht sagen können – deshalb, weil Sie es *ungenügend* wissen) – in gleicher Höhe [mit sich selbst] werden Sie in sieben Jahren sein, und dann folgt – das Über-Sich-Hinauswachsen in seiner ganzen Unausweichlichkeit, denn je mehr der Dichter wächst, desto größer ist auch der Mensch, desto größer wächst der Mensch...
Soviel von mir über das Unerläßliche, Innere.
Was das Äußere angeht: Sie vermögen noch nicht zu arbeiten, Sie haben noch keine Arbeitsader, aus der dann die Saite wird! Die Worte in Ihren Gedichten sind größtenteils ersetzbar, d.h. es sind nicht die richtigen. Die Phrasen seltener. Die kleinste Einheit ist in Ihren Gedichten die Phrase,

nicht das Wort (NB: meine ist die Silbe). Sie wollen viel, was notwendig ist, aber es ist noch nichts unbedingt sagenswert...
Und um das Thema Rede und Gedichte zu beenden: Sie sind noch ein wenig *zu laut*.

[Oktober 1927]

...Ich lese „Die Teufelsbrücke“[2]. Wie seicht! Größe der Ereignisse und Kleinheit – nicht der Helden, des Autors. Totengräber-Würmchen. Kompaktes Geklatsch, es bleibt nichts. *Klatschbruder* und *Klugredner* – so wird Adlonow in den Enzyklopädien künftig apostrophiert werden.
Solche Bücher sind letztendlich ein Laster, Lesen um des Lesens willen. Er geschieht ihm ganz recht – der Orden 5. Grades des serbischen Alexander!

Anmerkungen

1 Gronskij, Nikolaj Pawlowitsch (1909-1934), ein junger Dichter, mit dem Zwetajewa befreundet war und an dessen Talent sie glaubte. Über sein postum erschienenes Buch „Belladonna" - Gronskij starb durch einen tragischen Unfall - schrieb sie eine positive Rezension „Über Gronskijs Buch ‚Gedichte und Poeme'" und den Artikel „Postumes Geschenk".

2 Historischer Roman des Emigrantenschriftstellers M. Adlonow (1889-1957).

Quelle: *Nowyj mir* 4(1969), Moskau 1969, S. 202-3.

Briefe
an
Steiger

Marina Zwetajewas Briefe an Anatolij S. Steiger[1]

Antwort auf das Ultimatum

Freitag, 21. August 1936
St. Pierre de Rumilly, H-te Savoie,
Château des Arcines

Ein unverzeihliches Epigraph zu Ihrem Brief: – für die Zeit lohnt die Mühe nicht... d.h. all das läuft auf die Frage – und sogar auf die Anfrage – hinaus: zieht die Sie umgebende Wolke nicht weiter, wenn sie ihren Passagier fallengelassen hat. Mein Freund, die Wolke hat ihre Gesetze – die der einfachen Natur, und Wolken sind Dampf, wenn sie nicht Dampf sind, dann nur deshalb, weil wir sie aufblähen, wie der 16jährige Lermontow sein *Segel* blähte – mit seinem Atem.

Meine Beziehung zu Ihnen ist eine Sache nicht nur des unmittelbaren Gefühls, sondern auch des Verstandes, des unerschütterlichen Gedächtnisses und des Bewußtseins (halten Sie den Ärger noch zurück! Ich weiß, daß dieses Wort nicht beliebt ist), ich antworte schon vor irgend jemandem für Sie, und ich wußte das seit meinem ersten Brief an Sie. Sie lieben, solange geliebt wird, halten Freundschaft, solange man Freundschaft hält – das aber ist Unsinn, man darf keinesfalls *aufhören zu lieben.* Meine Beziehung zu Ihnen – trotz meiner Distanz zu Ihnen: so rollt eine Welle heran – *die Entscheidung.*

Aber dann kommt ein gewöhnliches Sahneschlekken dabei heraus, eine Beschäftigung für Fliegen, aber nicht für Menschen. Deshalb sagte ich auch sofort das Wort *Mutter.* Was *genau* bedeutet – für immer. – Natürlich, mein Freund, die ganze Fülle mütterliche Hingabe an Sie kann bei mir *nicht* vorhanden sein, denn sonst hätte ich mich in diesen Tage nicht physisch von Ihnen entfernt (wie jetzt – sende ich Ihnen Grüße, – ich werde mich nicht von Ihnen entfernen – gedanklich). Dieses Glück – payer de ma présence (das für mich übrigens allerschwierigste Glück) – entbehren Sie und ich. Sogar diesen Ausruf einer Achtzehnjährigen des achtzehnten Jahrhunderts entbehren Sie und ich, denn ich muß auch mit meinesgleichen „me noyer" – aber ich werde mit den Worten der Mutter eines Menschen schließen, den ich mehr als alle und *am meisten auf meine Art* als alle, über alles hinaus geliebt habe – der damals noch jungen Mutter des heute 76jährigen Fürsten Sergej Wolkonskij (für *ihn* habe ich meinen *Schüler* geschrieben, wenn Sie sich an ihn erinnern: Dein hellhaariger Junge sein...), auf die Frage des Jünglings und Lieblingssohns (ihr Sohn, sehr schüchtern und ehrerbietig – und hätte doch *glühend sein* sollen, denn entgegen der Legende und den offensichtlichen Tatsachen liebte er von klein auf sein ganzes Leben lang nur Frauen, angefangen von seiner Mutter und endend mit mir...) nun, der Sohn war sehr zurückhaltend und zugleich brennend eifersüchtig auf ihre Freundschaft mit Wladimir Solowjow: du liebst ihn mehr als uns alle: *mehr als mich...*

– mehr als alles liebe ich natürlich euch, meine Kinder, aber im *weiten Raum meiner Seele...*

Nein, mein Freund, ich bin eine vollkommen altmodische Frau und keine Zeitgenossin meiner selbst, sondern derer vor hundert Jahren und noch weiter zurück. Nachdem ich meine Kinder geboren hatte (ich spreche von meinem Sohn, von Alja erzähle ich ein andermal), bin ich *verpflichtet,* ihn – solange er mich braucht – allem anderen vorzuziehen: den Gedichten, Ihnen, mir selbst, – allen Räumen meiner Seele. Faktisch und physisch vorzuziehen. Damit erkaufe ich (das ganze Leben habe ich erkauft!) meine innere Freiheit – eine maßlose Freiheit. *Nur deshalb schreibe ich solche Gedichte.* In einer solchen Freiheit können wir beide nicht leben und nicht sein. Unser beider Königreich ist *nicht* von dieser Welt. Natürlich, angenommen ich wäre frei, mein (Sohn) brauchte mich nicht, wäre ich in diesen Tage Ihres Lebens nicht von Ihnen fortgegangen, aber ich habe keine Ahnung, wie sehr das für Sie notwendig ist: die lebendige Gegenwart. Denn, wenn Sie sie nicht brauchen, brauche ich sie auch nicht. (Dann werden Sie erkennen, daß es *mich einfach nicht gibt*).
Wenn Sie all dies begriffen haben, wissen Sie jetzt, in *welchem* Bereich Sie vielleicht den Vorzug haben – in welchem – Sie – Ersatz sind. Nur im Bereich des lebendigen Lebens und der Verwandtschaft, einfacher gesagt: meiner *Verpflichtung.* Im Innern aber, mein Freund, in jener Freiheit des Traums, sind Sie mir jetzt am nächsten, Sie bereiten mir einfach den *größten* Schmerz (ein anderes Maß der Nähe kenne ich *nicht*). Dieser Platz in mir ist *Ihrer und heilig.*
... Ich kenne Sie nicht. Wenn Sie zu jenen Nachti-

gallen gehören, die man mit Märchen nicht füttern kann – wird Ihnen dies zu wenig sein (immer nur Briefe und niemals etwas Lebendiges, und abends wieder einer usw.). Sie werden mich eines schönen Abends durch meine Briefe und Gefühle in Ihren Kopf aufnehmen (das heißt bei einem Feuerwerk le bouquet). – Aber ich bin eine Nachtigall, eine Märchennachtigall, die man nicht mit Brot, sondern nur mit Märchen füttert, und ich habe das ganze Leben so verbracht, und die besten meiner Lieben waren so – so daß wir *hier* übereinkommen müssen, denn *der Hund* (der die Divergenz sein könnte) *liegt* hier *begraben* [im Original dt. – B. E.]: in der Unmöglichkeit für mich, real mit Ihnen zusammen zu sein: für Sie mein Leben zu geben.

Natürlich, wenn Sie in Paris lebten, wären Sie bei mir und ich bei Ihnen, – aber – ich fürchte – das wäre eine traurige Freude, eine einzige Verwirrung. „Sich aufhalten" anstatt „sein", „sich aufhalten", d.h. ununterbrochen fortgehen. Niemals an – [wohl unvollendeter Satz – B. E.] – Wieviel Uhr? fragte man ihn *hier*. Und er antwortete eifersüchtig – die Ewigkeit [aus Gedichten Batjuschkows – d. Hrg.].

Ich kenne Sie nicht, ich urteile nach mir. Ich komme ausgezeichnet ohne *alles* aus – und soviel weniger ausgezeichnet – mit wenigem. Einer solchen inneren Stetigkeit kann keine 24stündige Stetigkeit entsprechen, aber offenkundig zu wissen, daß es auch ihren Schatten nicht geben kann, ist bitter.

Eben darin liegt mein Kummer (von Ihnen): Ihnen nicht all das sein zu können, was ich sein kann

und (innerlich) schon bin. Deshalb – wie wenig ich auch zu leben – zu lieben (zu bewahren, zuzuhören) vermag – ich *kann* bis zu der kleinsten Kleinigkeit eines beizeiten angenähten Knopfes: vom anderen den *Schatten* der Sorge nehmen! Ununterbrochen – mit den Händen – helfen. (Ich könnte niemals einen Reichen lieben: ich wüßte nichts mit ihm anzufangen. Man kann ihm ja nicht den ganzen Tag Gedichte vorlesen oder schreiben). Für mich ist lieben vor allem – ein Werk tun. Mit den Händen.
Sehen Sie, es ist ganz einfach und vielleicht sogar einfacher als Sie es möchten. Sie möchten sich vielleicht meinetwegen quälen? Dann wird nichts daraus werden.
„Dann spiele ich nicht mit".
– Es wird Ihnen ja bekannt sein, daß in jedem meiner Spiele immer ich der Einsatz war: bis zur Unsterblichkeit meiner Seele. Und verloren habe immer – ich: ich habe mich dem anderen immer verspielt, aber da *ich* meine unsterbliche Seele war, war das dem anderen zu viel, und oft blieb der Einsatz auf dem Tisch – oder – wurde mit dem Ellbogen unter den Tisch gewischt. Soweit meine Antwort auf das Spiel. Man kann nur die Ernsthaftigkeit meines Spiel fürchten. Ein kluger Jude sagte mir – als Antwort auf meine Jugendgedichte (ich war nicht einmal zwanzig) sehr ernsthaft: Sie – leichtsinnig? Sie sind auf dem Grund männlichen und weiblichen Leichtsinns Ihrer Tiefe nach eine unterirdische Höhle. Vor Ihnen muß man sich *in acht nehmen.* Und er hat sich in acht genommen.

Gestern abend gab es im großen Schloßsaal Tanz: zuerst Ihre Tänze, dann unsere, und wunderbar tanzte ein ungarisches Paar: *wild. Ganz* Ungarn erhob sich – einschließlich Marija Wetschera. Dann sang eine Frau die wunderschönen Gedichte Fets – erinnern Sie sich?
Der Flügel war *ganz* geschlossen – und die Saiten in ihm zitterten, wie unsere Herzen – von deinem Lied. Das schrieb Fet an eine *fremde* Liebe: Tatjana Kusminskaja, der *Natascha aus Krieg und Frieden*, die in jener Nacht, die sie ganz durchsang, für immer ein Mensch verließ, den sie liebte (der Bruder Tolstojs – Sergej). Das war in Jasnaja Poljana, Fet war zu Gast – und ihn liebte niemand – und dank ihm blieb diese Nacht erhalten – *jener Flügel war die ganze Nacht hindurch geschlossen.*
Ich würde alle meine Gedichte hingeben für die Zeilen:
– Wie kann man nur schluchzenden Klängen vertrauen,
Dich lieben – umarmen – und um dich weinen.
Mehr weiß ich nicht über die Liebe.

M.

(auf der Rückseite desselben Briefes)

Samstag, 22. August 1936

Mein liebes Kindchen! Sind wir beide – zusammen genommen – etwa nicht soviel wert wie 50 schweizer: 250 französische, und das sind noch – *übertrieben viele!* Franken, die ich dazu noch für nichts und wieder nichts von den Belgiern bekommen habe??? Ihr Besuch bei mir – und er ist besonders erarbeitet – ist ein zweistündiger Aufenthalt und eine Lesung – in diesem Mai in Belgien. Ich habe diese belgischen Francs nur, da ich sie nicht brauchte, in Vanves gelassen, nun geht es darum, sie hier von irgend jemandem zu bekommen.

Jetzt – im Ernst: warten Sie nicht auf meine Bitte um Ihren Besuch. *Ich möchte* keinen Grund, aber wohl einen Gegengrund. Ich bin ein Aktivist der Gegenrichtung: des Verzichts. „Entbehren sollst du, selbst entbehren". [Im Original dt. – B. E.] Aber „entbeheren" [sic! – B. E.] kann ich nur für mich.

Für mich sind Sie das Argument, Ihr Wunsch (oder Ihr unbedingtes Verlangen). Dann wünschen Sie stärker – und kommen Sie her. *Ich* brauche es – wenn *Sie* es brauchen. (Weil ich *Sie* liebe und nicht mich). Also: das Geld ist *meines* und so wenig von Belang, daß ich es (seit Mai) nicht einmal eingetauscht habe. Wir beide haben einen „cause commune". Außerdem, Sie sind *ganz* mein *Geheimnis*, alles Ihrige und meine Gefühle zu Ihnen sind *geheim*, es ist *unsere* Angelegenheit, wir sind Ihre und meine Angelegenheit – haben Sie verstanden? Nehmen Sie auf nichts Rücksicht außer auf Ihre Gesundheit und die Dringlichkeit Ihrer Wünsche. S*ie* müssen es wissen.

Geben Sie sich nicht verloren! Tauschen Sie Ihre Vorrangstellung nicht gegen ein Körnchen (wenn auch löblichster) Alltagsbesinnung ein. Von klein auf hat man uns gelehrt: Geld ist Schmutz.

Verderben Sie es *nicht* – weder sich, noch mich, noch unsere ganze wunderbare Begegnung. Findet das denn so oft statt??

Also: 1) wann könnten Sie kommen (man muß es vorher anmelden, damit ein Zimmer frei ist), 2) wann brauchen Sie das Geld? Zur Erneuerung des Passes schicke ich es auf Ihr erstes Wort, das einfach – ja – sein kann. Das übrige nach [unleserlich – d. Hrg.].
Eine letzte Frage – nicht mehr organisatorisch: warum wollen (oder müssen) Sie mich eigentlich jetzt sehen? Überprüfen Sie – wen und was?
Antworten Sie auf alle drei Fragen so genau – und so schnell wie möglich.
Bis dahin werde ich wohl nicht mehr schreiben. *Danach* teile ich Ihnen alle organisatorischen Details mit.

M.

Schreiben Sie mir bitte richtige Briefe und keine Karten: (ich scherze). – Wie ist das neue Krankenhaus? Sind Sie dort allein im Zimmer? Berichten Sie genau alle medizinischen Details: wie sieht die Wunde aus (oder ist es schon eine Narbe?) – wann können Sie aufstehen – alles, alles. Aber im November lasse ich Sie nicht nach Paris, das ist der schlimmste Monat. Zu mir nach Paris kommen Sie im Frühjahr.
Sie und ich werden es hier wundervoll haben. Was Sie wollen, zur Auswahl – der Garten oder meine Bärenhöhle. Sie werden liegen und ich werde neben Ihnen sitzen – Sie können sogar bei mir schlafen: ich habe gerne einen schlafenden Menschen um mich. Sie werden sich zwei-drei Tage ausruhen, und ich werde Sie nicht aufstehen lassen, – ich warte auf Ihre Entscheidung.

XII

....

XIII

St. Pierre de Rumilly, H-te Savoie,
Château des Arcines.
31. August 1939, sofort nach dem
Erhalt Ihres Briefes, Montag.

Kind! Beginnen wir mit dem Geschäftlichen. Sie haben sehr gut daran getan, nicht herzukommen, Sie haben sich wie ein kluges, gutes Tier benommen, das sich für eine Weile in eine Bärenhöhle verkrochen hat. Wenn Sie damals gekommen wären, wäre das ein Freudenschlag gewesen, den ich mir nicht vorstellen kann. Ich habe immer das Gefühl, ich sterbe – vor Freude oder vor Angst.

Aber lassen wir den Nichtbesuch, nun zum Besuch.

Von Ihrem Schweigen befangen – von seiner Beharrlichkeit, seinem immer stärkeren Anwachsen, seinem *Gewicht* auf mir, innerlich und äußerlich befangen, habe ich nichts Entscheidendes unternommen – und konnte auch nichts unternehmen. Ich habe nur zu Hause angefragt, *bis wohin* [sic! – B. E.] ich hier sein werde, und ich habe noch eine Freundin gefragt, ob sie mir vorübergehend die nötige Summe borgen kann. Bis wohin, *weiß* ich noch nicht, das Geld wird zu jeder beliebigen Zeit da sein (egal, wann Sie es brauchen – denken Sie daran). *Alles* hängt nun 1) vom Grad Ihrer Heilung, 2) von der Dauer meines Aufenthalts ab, denn darauf habe ich keinen Einfluß.

Täubchen, ich weiß, daß ich nicht *darüber* schreiben soll, aber ich bin doch *darin* (einstweilen) machtlos – weil ich den Zustand Ihrer Lungen und überhaupt Ihren physischen Zustand nicht kenne: Ihrer Widerstandfähigkeit, Ihrer Fähigkeit der Nahrungsaufnahme und der Verdauung, ich kenne Ihr physisches Material gar nicht – seien Sie ein Freund und schreiben Sie mir ernsthaft und genauestens – aber nicht so phantastisch (z.B. „man hat mir etwas neben der Leber weggeschnitten" – was ist das für eine Antwort?). Ist es für Sie selbst denn wirklich nicht interessant, und wenn schon nicht für Sie selbst – begreifen Sie denn wirklich immer noch nicht, was Sie – ganz – *für mich sind*, Sie und die Gedichte und Bücher. Aber zur Sache: schreiben Sie mir *alles*, was Sie über Ihr physisches Selbst wissen – und mehr, als Sie wissen – bringen Sie es in Erfahrung, damit ich es erfahre. Dann kann man darüber sprechen.

Etwas anderes: nehmen wir an, aus Ihrem Besuch bei mir wird bis zum 15. September nichts – entweder, weil Sie nicht ausreichend genesen sind oder weil ich früher abfahren muß, – was wollen Sie lieber: daß ich im Herbst zu Ihnen nach Schwendi komme – und dann nicht mehr für nur *eine Stunde* (jetzt wäre es bei maximalem Glück *eine Stunde* – von Arcines nach Schwendi – an einem Tag – mit der Unmöglichkeit zu übernachten, denn ich habe *keinen* ausländischen Paß und kann *kein* Visum bekommen) – dann also nicht mehr nur für eine Stunde, sondern für einige Tage. Nur – eine wichtige Kleinigkeit, wo werde ich in „Schwendi" wohnen? *Kann* man dort wohnen? Ist dort – außer dem Sanatorium – ein Dorf? Kann man dort Zimmer bekommen? Sind die Preise astronomisch oder menschlich? (Obwohl die ganze Schweiz astronomisch ist, sind wenigstens die Feuerzeuge menschlich?) Und wenn nicht in Schwendi – wo dann? Um sich jeden Tag sehen zu können. Aber können wir uns jeden Tag sehen?

Noch etwas: willst – *Du* – im Herbst nach Paris kommen – und hier auch ein Grund. Ich habe eine Freundin, eine Russin – eine hervorragende Ärztin und ein wunderbarer Mensch – mit einer wunderbaren ärztlichen Begabung (génie). Als 1929 bei einem mir nahestehenden Menschen niemand etwas an den Lungen finden konnte, hörte sie sich als erste um, zerschlug die Aufregung und setzte umgehend die Reise hierher, von wo aus ich schreibe, durch. Sie ist absolut sorgfältig und zugleich – le grand coup d'œil, d.h. sie schaut einen Kranken niemals nur unter dem *Aspekt* des erkrankten Organs an (sondern – immer gleichbleibend auf seinen physischen und geistigen Gesamtzustand – in Abhängigkeit voneinander). Ich vertraue ihr nicht nur absolut (was ist „ich" und was „vertrauen"), ich weiß von mir und von allen meinen Freunden, von Bekannten und sogar von Fremden mit 14jähriger Erfahrung, daß es einen besseren Arzt *nicht* geben kann.

Wenn Du willst, gehen wir zu ihr. Sie wird die ganze Wahrheit sagen – alle Deine Möglichkeiten und Unmöglichkeiten – Perspektiven und Verbote, – sie wird Dich physisch ganz offenlegen – wie auf einer Hand. Sie ist sehr liebenswürdig (und liebt *mich* sehr) und etwas ganz Besonderes, mit solch einem geistigen und ärztlichen génie (sie ist Emigrantin noch aus der Zarenzeit, 20 Jahre in Paris, ununterbrochen Praxis, sie arbeitet bei den größten Professoren, sie hat Zugang zu den namhaftesten Ärzten (Leuchten), die *immer* – es gab keine Ausnahme – ihre Diagnose bestätigt haben) Sie ist ein mir verwandter Mensch, und sie wird Dich wie einen Verwandten behandeln.

– Willst Du? Dann kommst *Du* zu mir, ich werde Dich in Vanves unterbringen, nebenan, und werde die ganze Zeit mit Dir zusammen sein, solange Du willst und kannst. (Und am Morgen werde ich kommen und Dich begrüßen). Du wirst mein *Gast* sein. In die Stadt ist es von uns aus ein Katzensprung: 7 Min. zu Fuß zur Metro und genauso viel zum Bus.

Aber – bist Du gut zu Fuß? (So viele Fragen – um wieviel wäre es einfacher...) D.h. wie ist es Dir vor der Operation gegangen? Kommst Du schnell außer Atem? (Ich bin jetzt froh, daß ich damals Deine Schwester begleitet habe – es war ein wenig, als wärst Du es gewesen). Kannst Du Steigungen bewältigen – und was für welche? Und gibt es eine, die Du nicht bewältigen kannst? (Ich spreche nicht vom Gebirge, sondern von hügligen Gebieten in der Stadt. Übrigens, direkt an der Metrostation ist ein Autostand, und bis dorthin ist es mit dem Auto eine Minute). Noch genauer: fühlst Du Dich gleich – wie im Gebirge? (Eine für das Auge nicht bemerkbare Steigung). Überhaupt – was ist mit Deinen Lungen? In aller Einzelheit. (Es gibt eine rechte und eine linke, es gibt eine

Spitze und ein Unterteil – und eine Mitte wahrscheinlich, *was* ist mit jedem Teil und in jeder Lunge??)
Also, entscheide, wie es für Dich besser ist. Und entscheide Dich sehr frühzeitig, selbst wenn es noch im Rahmen des Plans ist. Ich möchte Dich ihr unendlich gern zeigen. (Sie heißt Margarita Nikolajewna, sie hat ein Haus in Paris – das einzige, in das ich ohne Einladung gehe, ich kann zu jeder beliebigen Tages- oder Nachtzeit kommen, zu jeder beliebigen Seelenzeit).
Dann werden wir zusammen mit M. N. alles klären: alles von Dir –, und es wird leichter sein – für Dich und für mich.
Aber über mich möchte ich Dir jetzt nicht schreiben, ich schlucke es hinunter. Diese Tage (Deines Schweigens) gehörten zu den schwersten in meinem ganzen Leben. (Wisse ein für alle Mal, daß ich nichts übertreibe: alles untertreibe).
Jetzt *eine* wichtige Sache: Deine Gesundheit; und meine Dir gegenüber – nur insofern ich helfen kann: vom Helfen zum Unterhalten.
Noch eines: laß mich nicht so lange ohne Nachricht, *um Gottes willen!* Es gibt doch Postkarten. Nur *zwei* Worte, damit ich mich nicht so quäle – wie während dieser Tage. (Wie – das wirst Du nie erfahren. Auch ich wußte ja nicht, daß man sich so quälen kann. Jede Minute des ganzen Tages, *und mit meiner ganzen Kraft* – und wieviele Tage waren das!).

Aber vergiß das nicht – Du, antworte mir:

1) was hat das [Röntgen]Bild gezeigt.

2) gibt es, in Verbindung damit, *die Hoffnung*

auf einen Besuch in St. Pierre vor dem 15. (danach werde ich – fürchte ich – abreisen)

3) wozu hast Du Dich entschieden: mein Bern oder Dein Paris.

4) wenn Bern, d.h. Schwendi – wie bin ich untergebracht (Preise).

Insgesamt 4 Fragen, und ich *flehe* Dich an, antworte darauf so bald und so präzise wie möglich: es paßt in 8 Zeilen.

5) Wie bist Du zu Fuß? (dann in 10).

Jetzt warte – vom morgigen Tag an gibt es eine Reihe angenehmer Dinge, die ganzen Tage hindurch, denn ich habe Dir nur deshalb nicht geschrieben, weil ich nicht *wußte*, ob Du das *brauchst* oder ob es Dir nicht *zuviel? zu beschwerlich* ist – ich hänge ganz (wenn ich auch versuche, mein Gewicht zu verringern, wie in der Kindheit – physisch – 17 Werst im Reisewagen, auf irgendwessen Knien – nicht drücken, nichts wiegen) an den Muskeln meiner Herzensangst.

Überzeuge mich, daß Du mich *brauchst*. (Mein Gott, darum geht es eigentlich!) Überzeuge mich ein für alle Male, d.h. mach, daß ich es ein für alle Male glaube, und dann wird *alles gut*, weil ich dann ein Wunder vollbringen kann.

Also, ich warte – auf eine konkrete Antwort, und Du warte – auf eine Reihe *unbedingt notwendiger* Freuden.

(Kennst Du das Sonett von Goethe: Sie kann nicht enden... [dt. – B. E.] genial, daß er damit – *beginnt!* Genial ist auch, daß es die vollendetste aller Formen – das Sonett – ist). Zu Deinen Gedichten (erst jetzt, nach der Unterbrechung durch Goethe, habe

ich bemerkt, daß ich die ganze Zeit Du geschrieben habe) schreibe ich gesondert und aufmerksam.
Ich tue alles (schreibe, übersetze, lese, gehe, spreche), und ich habe keinen Gedanken außer den an Dich und Deine Gesundheit im Kopf.
Du denkst – ich habe „zufällig" nicht geschrieben? Weil ich mit etwas „beschäftigt" war? Mich hat dieses an Dich Geschriebene mehr Anstrengung gekostet als all mein Schreiben zusammen genommen: andere Anstrengung, andere Muskeln haben gearbeitet: *die entgegengesetzten.*
Nun, ich warte, umarme, liebe Dich – doch nicht umsonst mag ich die Verben nicht (eine schreckliche Grobheit!), aber um ohne sie auszukommen, bedarf es der *Gedichte* oder der *Gegenwart.* Das eine wie das andere wird kommen.
Aber morgen erwartet Dich – eine wirkliche Freude.

M.

1 In der Nummer 5 der Zeitschrift sind 10 Briefe M. I. Zwetajewas abgedruckt (vom 29. Juni bis 20. August 1936); insgesamt sind es 27 (vgl. Vorwort von K. S. Wiltschkowskij in *Opyty* 5, S. 40-45). Diese *Savoyer Briefe* sind nicht nur ein „menschliches Dokument", sondern auch ein literarisches Werk: in ihnen „schafft" Zwetajewa (wie auch in vielen ihrer Essays) eine „Legende" – hier über Stejger wie auch über sich selbst. Bezeichnend sind auch die zeitweiligen Abweichungen vom Thema: philosophische Betrachtungen, Anmerkungen zur Literatur, Erinnerungen. Vielleicht sind die *Savoyer Briefe* bis zu einem gewissen Grad in Parallele zu den bekannten Briefen der *Portugiesischen Nonne* von Marianna Alcoforado zu sehen.

Quelle: *Opyty* 7, New York, S. 8-18

Château d'Arcine
Mittwoch, 1. September 1936

Ein Brief über Gedichte

Was ich über diese Gedichte denke?
Das erste und heftige [Urteil] – Anführungszeichen wegnehmen, und es sind ausgezeichnete Gedichte. Wozu und woher – bei Ihrem wundervollen Herzen – Anführungszeichen an solch wundervollen, wundertätigen Dingen wie Mitleid, Arbeit, Leiden, Liebe, Heldentat?
Was sind Anführungszeichen? Zeichen des Nicht-Beteiligt-Seins am gegebenen Wort oder der gegebenen Wortverbindung. Zeichen für deren Bedingtheit in unseren Mündern. Unterstrichene Entfremdung von der allgemeingültigen Deutung. Zeichen eigener Überlegenheit über deren Einfachheit. Anführungszeichen sind Ironie. Dasselbe gilt für das „sogenannte Mitleid". Sogenannt, aber von vielen so nicht genannt, und von mir nicht so genannt – von mir Schwäche (oder Dummheit) genannt.
Nun, mein Lieber, wenn man aus seinem seelischen Alltagsgebrauch und -wortschatz die Wörter (und Begriffe) Gewissen, Vergeltung, Bettelei, Krankenhaus, Gefängnis, Brüderlichkeit, Liebe, Arbeit (über Freiheit und Gleichheit gesondert) herausstreicht – was bleibt dann von der Welt und vom Herzen übrig?
Sie werden sagen: M. I., Sie haben banale (oder banal gewordene) Wortverbindungen unterschlagen und durch wirkliche Namen ersetzt, die nicht banal werden können.

Aber, mein Freund, was ist an einem Krankensaal banal? Das ist zwar auch banal – aber genau. Dasselbe gilt für den Bettelsack (ich habe von 1917 bis 1920 in Rußland außer diesem Bettelsack nichts gesehen, den dafür aber ununterbrochen). Auch Vergeltung für einen Tag ist keine Banalität. Vielleicht etwas allgemein. Indem Sie *diese* Wörter in Anführungszeichen setzen, verwenden Sie keine verbalen Schablonen, denn diese Wörter sind keine Schablonen: unbedingt notwendig wie das „schwarze Brot", wie das Schwarzbrot selbst. Es bleiben andere: „Gleichheit", „Brüderlichkeit", „Arbeit" (ich führe sie aus dem Gedächnis an) und „Gedanken an den geringeren, leidenden Bruder" – ja, *diese* Worte sind Schablonen, aber warum verwenden Sie sie dann? Warum bedienen Sie sich dieses billigen Werkzeugs – um *unsterbliche* Begriffe zu zerschlagen? Also zwei Schlußfolgerungen: Entweder Sie führen Krieg mit Wortschablonen, – lohnt es sich dann? Oder Sie machen naiv unsterbliche Begriffe mit banalen Bezeichnungen identisch (von denen die *Hälfte nicht banal* ist, sondern bis zum Erschrecken ausdrucksstark), *worum* kämpfen Sie in diesen Gedichten? Um die lauten Phrasen der 60er Jahre. Aber für sie waren es keine Phrasen, sie sind dafür gestorben (denken Sie an den letzten Brief der Sofija Perowskaja – der Mutter – über „Hemdkragen" (der Charlotte Cordé [?] das letzte gekostet hat). Um die Dinge *selbst* (Mitleid, Liebe, Arbeit)?? Um Ihr eigenes Ich, das ein solcher Dummkopf ist, daß es daran glaubt und darum kämpft?
Ich lese diese Gedichte *umgekehrt:* ohne Anfüh-

rungszeichen, und nehme – Ehrenwort! – sogar im „geringsten Bruder" keine Schablone wahr. Die einfache schmerzliche *Wahrheit* wird durch ihre gelegentliche Allgemeinheit zerstört, diese Worte klingen *hier* (d.h. aus Ihrer inneren Wahrheit heraus) neu, ganz und gar nicht komisch, – vollkommen und todernst. (Wie sehr wünschte ich mir, sie wären so geschrieben, wären zu einem bestimten Zweck so in Ihrem Innern geschrieben).
Natürlich (und darin fühle ich mit Ihnen als Schreibender) – wohin gehören dann Unsinn und Quatsch (dem Sie natürlich einen *Nicht*-Unsinn und einen *Nicht*-Quatsch gegenüberstellen)? Werden Sie sich klar darüber, daß Sie hier, in diesen acht Versen, alle menschliche Größe verbraucht haben, daß Ihnen zum Dagegensetzen nichts übrigbleibt – außer menschlicher Kleinheit.
Ein Kompromiß als Antwort: wenn Sie sich schon an grausame, ungerechte Bestimmungen des *Opfers* halten – wie Unsinn und Quatsch –, dann nehmen Sie wenigstens die Anführungszeichen weg, denn neben ihrer *kränkenden* Eigenschaft und meiner Kränkung – an ihnen, um Ihretwillen – ist es nicht gut; in Gedichten sind so viele Anführungszeichen nicht gut, das ist dann eher der Stil eines Artikels. Gedichte sollten mit unbedingten Worten geschrieben werden – und nicht mit bedingten. Die Methode selbst ist billig, seien Sie nicht verärgert, – es ist dasselbe, wenn irgendein Purist in den *Poslednije Nowosti* aus Bequemlichkeit irgendeine sowjetische, gängige, ihm angeblich verhaßte, aber grundsätzlich unvermeidbare Wendung gebraucht. Wenn Sie diese Dinge (Mit-

leid, Liebe, Arbeit) hassen, dann zerschlagen Sie sie in ihrem Wesem (Nietzsche). Wenn Sie diese Dinge hassen, verwenden Sie sie nicht. Man kann sich nicht von einer Sache lossagen, von der man den Mund voll hat. Lossagen heißt vor allem, sich selbst aus der Sache, die Sache aus der eigenen Wendung herausnehmen.

An dieser Stelle zwei Gedichte, nicht vermischt und nicht verschmolzen.
Das zweite hat fünf Zeilen, ist vollkommen und *bemerkenswert.* Hier handelt es sich um völlig gesonderte Verse, verbunden nur durch die Einzigartigkeit des Versmaßes. Lesen Sie sie selbst, vergessen Sie dabei den Anfang.

	Die Armut erkennt man leicht an den Flicken,
durchaus	Die Jahre – an des Mundes gesenkten Winkeln,
	Den Kummer?
durchaus	Doch hier versteckt man sich vor Blicken.
	Ein beliebtes Spiel bei den Erwachsenen.
gut	Alles in völliger Ordnung, versteht sich.
	(Von den Gesprächspartnern fällt eine Last ab).

Nur nicht Gesprächspartn*ern*, sondern Gesprächspartn*er* – so habe ich es mir eingeprägt, und ich präge mir immer die bessere Version ein. So z. B. lauten bei Balmont – Meeresgrund – die letzten Worte des Poems: „Zwei Worte sagte mir das Mäd-

chen vom Grund – Mir ist es gegeben, sie Euch zu überbringen. Ich habe die Sonne gesehen, sagte sie. Was *weiter* – ist das nicht ganz gleich." So habe ich es, 14 Jahre alt, gelesen und behalten. Aber dann stellte sich heraus, bei ihm heißt es: danach. Doch um wieviel schlechter – sowohl dem Klang nach (*wei-ei-ei-ter* und danach) als auch wegen der Beschränktheit des Begriffs „danach" auf die Zeit („weiter" kann Zeit und *Raum* bedeuten: die Weite der Jahre und Wersten, einfach Weite, ganz allgemein).
Außerdem, von der ersten bis zur letzten Zeile sieht man bei Ihnen nicht eine Reihe von Personen, sondern eine Person, das Gesicht eines Menschen, eines armen, alternden Menschen, und die Arbeit des Lebens an ihm, am entsprechenden menschlichen Gesicht. Und (ein Letztes, ein Faktum) es fragt („wie geht es Ihnen?") *ein* Gesprächspartner, und nicht zwei oder drei. Bauen Sie die Gedichte auf einer Einheit auf. Dann erkennt jeder sich selbst in ihnen – denn in diesem Ziel liegt ja der Sieg des Gedichts, daß jeder sich in ihnen selbst und nicht alle erkennt. (Alle gibt es nicht, d.h. es gibt sie, aber dann gibt es keinen.)
Das, mein Freund, ist es – auf Ehre und Gewissen –, was ich über Ihre Gedichte denke. Schicken Sie noch mehr, wenn Sie haben, und *schreiben* Sie überhaupt mehr Gedichte, möge Ihnen der Atem nicht ausgehen. Mögen die Gedichte Ihr grenzenloser Seufzer sein. Und wieder kehre ich zu den Briefen und Gedichten zurück. *Trauen Sie sich.* Nehmen Sie aus sich das, was zu den Briefen gehört, heraus (nicht aus den Briefen, sondern aus dem, der – oder richtiger: was sie – in Ihnen –

schreibt: Lassen Sie den Dichter mit dem Meschen identisch werden.) Vereinigen Sie diese beiden Hände zu einer – einzigen – absoluten Übereinstimmung mit *Ihrer Seele*. Aber zwingen Sie den Dichter nicht, härter, duchsichtiger, bitterer zu sprechen, als der Mensch spricht – weder, wenn Sie mit anderen sprechen, noch – vielleicht nicht einmal dann –, wenn Sie mit mir sprechen, aber dann, wenn Sie *mit sich selbst* sprechen [...]
Denn sehen Sie: Ihr Brief und Ihre Verse sind auf demselben Papier, mit derselben Tinte geschrieben, von derselben Hand, mit derselben Handbewegung – und doch sind sie zwei verschiedene Wesen. Der Mensch (Sie) ist ungerecht und tut unrecht........ – verdammt, 26 Jahre (?), nicht zu leben, nicht vorhanden zu sein, auf die Berge zu schauen, statt sie zu *nehmen*; aber da ist noch der Dichter, d.h. eine sehr verwundbare, auch bei voller Gesundheit ständig verletzbare Natur – dieser Mensch, fast ein Junge, besitzt den Mut zu sagen: „...und sie sterben unter der Brücke an Schwindsucht, während ich jetzt unter ausgezeichneten Bedingungen lebe" – wobei mit heiligem Recht ein direkter Schlag ins Gesicht Gottes wäre: – warum vergeuden so viele Idioten, meine Altersgenossen, ihre Kräfte, Muskeln – Atem, Herz, Blut – auf Fußball- und anderen Plätzen, treten ihn auf diesen Plätzen mit Füßen – Deinen Atem – treten sie mit Füßen! – während ich, ein vernünftiges und belebtes Wesen, ein vielleicht auch *auserwähltes* Wesen, einfach nicht atmen kann. Wer hat meine Lungen genommen? wofür?
– Nein, Sie denken an die, die unglücklicher sind

als Sie selbst: an die unter der Brücke, an die gänzlich Unbeweglichen – in all Ihrer Klage (aus purer Erschöpfung) ist nicht ein Laut des Vorwurfs und der nur allzu *gerechtfertigten* Empörung – keinerlei Vergleichen mit Glücklicheren. Ihre Klage ist rein.
Aber der Dichter – Sie – setzt den Krankensaal in Anführungszeichen. Und Sie denken, ich glaube ihm???
Über Ihre Krankheit („so kann es Jahre, Jahrzehnte weitergehen...) schreibe ich Ihnen gesondert, ich denke unablässig daran – *und hier muß ein für alle Male etwas beschlossen werden.*
Aber wie ich Ihnen jeden Tag versprochen habe – diese Freude (der Brief ist jedoch unwillkürlich ernst geworden) – hier sind Verse, deren einzige Würde in der Identität mit dem Gewesenen besteht (und mit dem jeden Tag und jede Stunde meines Lebens Gegenwärtigen).

M.

Bis morgen!

Es rahmt der Berge Schneetiare
nur einen flücht'gen Augenblick.
Ich scheitelte des Efeus Haare
heut' auf der Burg grauem Granit.

Und ich verfolgte die Gestalten
der Fichten heut' überall hin.
Und wollte eine Tulpe halten
so wie ein Kind, am Kinn.

M. Z.

16.-17. August 1936, Savoyen

Quelle: *Opyty* 8, New York, S. 21-25.

M. Zwetajewas Briefe an A. Stejger[1]

1

1. September 1939

Was ich über diese Gedichte[2] denke?
Das erste und heftige [Urteil] – Anführungszeichen wegnehmen – und es sind ausgezeichnete Gedichte. Wozu und woher – bei Ihrem wundervollen Herzen – Anführungszeichen an solch wundervollen, wundertätigen Dingen wie Mitleid, Arbeit, Leiden, Liebe, Heldentat?
Was sind Anführungszeichen? Zeichen des Nicht-Beteiligt-Seins am gegebenen Wort oder an der gegebenen Wortverbindung. Unterstrichene Entfremdung von ihrer allgemeingültigen Deutung? Zeichen der Überlegenheit über die Einfachheit, über das, was ohne Anführungszeichen ausgesagt ist. Anführungszeichen sind Ironie. Dasselbe wie *„sogenanntes"* Mitleid. Sogenannt, aber von mir nicht so genannt, von mir Schwäche (oder Dummheit) genannt. Nun, mein Lieber, wenn man aus seinem seelischen Alltagsgebrauch und -wortschatz die Wörter (und Begriffe) Gewissen, Vergeltung, Bettelei, Krankenhaus, Gefängnis, Brüderlichkeit, Liebe, Arbeit (über Freiheit und Gleichheit gesondert) herausstreicht, was bleibt dann von der Welt, vom Herzen übrig?
Sie werden sagen: M. I., Sie haben banale (oder banal gewordene) Wortverbindungen unterschlagen und durch wirkliche Namen ersetzt, die nicht banal werden können. Vergeltung für den Tag

durch Vergeltung, Bettelsack durch Bettelei, Krankensaal durch Krankenhaus.

Ja, denn einige Schablonen nehme ich weder in den Mund noch ins Ohr. Aber warum nehmen Sie sie denn in den Mund und ins Ohr, warum bedienen Sie sich dieses billigen Werkzeugs, um *unsterbliche* Begriffe zu zerschlagen? (D.h. Sie kämpfen nicht mit den Dingen, sondern mit verbalen Schablonen. Aber wie denn?)

Also, zwei Schlußfolgerungen: Entweder Sie führen Krieg mit Wortschablonen, – lohnt es sich dann? Oder Sie machen naiv unsterbliche Begriffe mit banalen Bezeichnungen identisch. Worum kämpfen Sie in Ihren Gedichten? Um die lauten Phrasen der 60er Jahre? Es hat sie nicht gegeben, denn für jene damals hatten sie einen Klang, und dafür bezahlten sie – und vor allem ihre Kinder – mit ihrem *Blut*. Um die Dinge *selbst* (Mitleid, Liebe, Arbeit)?? Um Ihr eigenes Ich – einen so Dummen und Schwachen (wenn *das* Dummheit und Schwäche ist), wie sie es waren?

Ich lese diese Gedichte *umgekehrt:* ohne Anführungszeichen, und nehme, ihrer Wahrheit wegen, keine Schablonen wahr. Lesen Sie sie selbst ohne Anführungszeichen, und Sie werden das *ewige* menschliche Herz erkennen. Die Schablone vernichtet ihre einfache schmerzliche *Wahrheit*, die Worte klingen *hier* neu, völlig ohne Anführungszeichen. (Wie gerne möchte ich, daß sie so geschrieben sind, daß sie im Innern zu einem bestimmten Zweck *so* geschrieben sind!).

Natürlich, ich spreche jetzt nicht mehr vom Dichter, sondern von den Gedichten selbst – wohin gehören dann aber Unsinn und Quatsch (dem Sie natürlich einen *Nicht*-Unsinn und *Nicht*-Quatsch entgegenstellen)? Werden Sie sich klar darüber, daß Sie hier, in den acht Versen, alle menschliche Größe verbraucht haben, daß Ihnen zum Dagegensetzen nichts übrigbleibt – außer menschlicher Kleinheit: Egoismus, Materialismus mit allen seinen Folgen und Vorläufern. Ein Kompromiß als Rat: wenn Sie sich schon an grausame, ungerechte Bestimmungen des *Opfers* halten – wie Unsinn und Quatsch – dann nehmen Sie wenigstens die Anführungszeichen weg, denn neben ihrer *beleidigenden* Eigenschaft und meiner Kränkung – an ihnen, um Ihretwillen – sind so viele Anführungszeichen nicht gut in Gedichten, das ist dann Publizistik. Gedichte sollten mit unbedingten Worten geschrieben werden, nicht mit bedingten. Die Methode selbst ist billig, seien Sie nicht verärgert, es ist dasselbe, wenn hier in *Wosroschdenije* oder *Poslednije Nowosti*[3] „der Begünder der russischen Sprache“ aus Bequemlichkeit irgendeine moderne, gängige, ihm angeblich verhaßte, aber grundsätzlich unvermeidliche Wendung gebraucht. Wenn Sie diese Dinge (Mitleid, Liebe, Leiden) hassen, zerschlagen Sie sie in Ihrem Wesen (Nietzsche). Wenn Sie diese Worte (die Schablonen) hassen, verwenden Sie sie nicht. Man kann sich nicht von einer Sache lossagen, von der man den Mund voll hat. Lossagen heißt, sich selbst aus der Sache, die Sache aus der eigenen Wendung herausnehmen.

An dieser Stelle zwei Gedichte. Das erste endet mit dem Wort „Quatsch“.

Das zweite hat fünf Zeilen, ist vollendet und *bemerkenswert*. Es handelt sich hier um völlig gesonderte Verse, mit jenen nicht bekannt, verbunden nur durch die Einzigartigkeit des Versmaßes. Lesen Sie selbst, *vergessen* Sie dabei den Anfang.

Die Armut erkennt man leicht an den Flicken,
Die Jahre – an des Mundes gesenkten Winkeln,
Den Kummer?
Doch hier versteckt man sich
vor Blicken.
Ein beliebtes Spiel bei den Erwachsenen.
Alles in völliger Ordnung, versteht sich.
(Von den Gesprächspartnern fällt eine Last ab).

Nur – erlauben Sie eine kleine Korrektur: nicht Gesprächspartn*ern*, sondern Gesprächspartn*er* – so habe ich es mir eingeprägt, und ich präge mir immer die bessere Version ein. So z. B. lauten bei Balmont – Meeresgrund – die letzten Worte des Poems: „Zwei Worte sagte mir das Mädchen vom Grund. – Mir ist es gegeben, sie Euch zu überbringen. Ich habe die Sonne gesehen, sagte sie. Was *weiter* – ist das nicht ganz gleich." So habe ich es, 14 Jahre alt, gelesen und behalten. Aber dann stellte sich heraus, bei ihm heißt es: danach. Doch um wieviel schlechter – sowohl dem Klang nach (*weiter* und *danach*) als auch wegen der Beschränktheit des Begriffs „danach" auf die Zeit („weiter" kann Zeit und *Raum* bedeuten: die Weite der Jahre und Wersten, einfach Weite, ganz allgemein).

Außerdem, von der ersten bis zur letzten Zeile sieht man bei Ihnen nicht eine Reihe von Personen, sondern eine Person, das Gesicht eines Menschen, eines armen, alternden Menschen, und die Arbeit des Lebens an ihm, dem entsprechenden menschlichen Gesicht, vielleicht auch an meinem. Und ein Letztes. Uns fragt immer nur ein Gesprächspartner („wie geht es Ihnen?"), und nicht zwei oder drei. Bauen Sie die Gedichte auf einer Einheit auf. Dann erkennt jeder sich selbst in ihnen, denn in diesem Ziele liegt ja der Sieg des Gedichts, daß jeder sich selbst und nicht alle in ihnen erkennt. (Alle gibt es nicht, d.h. es gibt sie, aber dann gibt es *keinen.*) Glauben Sie mir [...].

Das, mein Freund, ist – auf Ehre und Gewissen – was ich über Ihre Gedichte denke. Schicken Sie noch mehr, wenn Sie haben, und *schreiben* Sie überhaupt Gedichte, das ist doch ein solches, wenn auch *bitteres* Vergnügen.

Und wieder kehre ich zu den Briefen und Gedichten zurück.[4]

Verbinden Sie sie miteinander. Nehmen Sie aus sich das, was zu den Briefen gehört, heraus (nicht aus den Briefen, sondern aus dem, der – richtiger: was sie – in Ihnen – schreibt). Lassen Sie den Dichter mit dem Menschen identisch werden. Vereinigen Sie diese beiden Hände zu einer – einzigen – absoluten Übereinstimmung mit *Ihrer Seele.* Aber zwingen Sie den Dichter nicht, härter, durchsichtiger, bitterer zu sprechen, als der Mensch spricht – weder wenn Sie mit anderen sprechen, noch – vielleicht selbst dann nicht – wenn Sie mit mir sprechen, aber dann, wenn Sie *mit sich selbst sprechen* [...]

[Zweite Version des Briefes vom 1. 9. 1936]
Quelle: *Nowyj mir* Nr. 4 (1969), Moskau.

2

[September 1936, Vanves]

[...] ich brauche für eine Freundschaft oder, was dasselbe ist, für einen Dienst eine gesunde Wurzel. Freundschaft ist auch Herablassung, *nur* Bedauern ist Demütigung. Ich bin kein Gott, daß ich mich herablassen könnte. Ich brauche selbst Höheres oder wenigstens Gleiches. Von welcher Gleichheit spreche ich? Es gibt nur eine – *die Gleichheit der Bemühung*. Mir ist es völlig gleichgültig, wieviel Sie hochheben können, mir ist nur wichtig, wie sehr Sie sich anstrengen können. Bemühung ist auch Wollen. Und wenn Sie dieses Wollen nicht in sich haben, dann haben wir nichts miteinander zu tun.

Ich habe mich mein ganzes Leben lang mit *nicht Könnenden*, mit *nicht können Wollenden* abgegeben, und wenn mich das nicht umgebracht hat, dann nur deshalb, weil mich anscheinend sowieso nichts umbringen kann; wenn mich das nicht umgebracht hat, habe ich es damit nicht gewonnen. Mit dem toten Schutt des Nichtwollens habe ich nichts zu tun, das ist das *einzige*, was ich nicht aufheben muß. Wenn Sie nach Paris fahren würden, in die Nationalbibliothek oder um sich vor der Colonne de Vendôme zu verneigen, könnte ich das verstehen; kämen Sie hierher, um sich auf diesem Ihrem schöpferischen Scheiterhaufen selbst zu verbrennen – ich würde es begrüßen. Wenn Sie nach Paris kämen um einer besonderen Einsamkeit willen, wie der 23jährige Rilke, der die unsterblichen Worte über Paris hinterlassen hat:

„So, also hierher kommen die Leute, um zu leben, ich würde eher meinen, es stürbe sich hier", wenn Sie in Ihre Einsamkeit führen – ich würde Ihnen meine beiden Arme entgegenstrecken, die ich eben hier gesenkt hätte: sei allein! Aber Sie fahren zu --owitsch und K°, zu Nichtigkeiten, in die Nichtigkeit, einfach – ins Nichts, in die *Bohème*, in eine Leere, groß wie das Nichts; um für nichts in Flammen aufzugehen – zu niemandes Ruhm, nicht einmal um irgendwelcher Wärme willen – wie können Sie – Sie – ein Dichter!

Von der Bohème wird mir schlecht – von jeder beliebigen, angefangen von Murger[5] bis in unsere Tage; soll ich Ihnen den Unterschied nennen? Damals gab es die Hysterie mit Gitarre, jetzt sind es „Drinks" und Rauschgift, das ist für mich eine Müllgrube, ein Schuttabladeplatz, – und der Tod Poplawskijs[6], der zufällig zuviel am Heroin geschnüffelt hat (!!!NB! alles, was vom „Heroen" geblieben ist), bedeutet für mich keine Tragödie, sondern ein Schulterzucken. *Es tut mir nicht leid*, Gott möge mich strafen, *es tut mir nicht leid.* Und wenn Sie morgen an derselben Sache sterben sollten, – es wird mir nicht leid tun.

Ja, nicht umsonst sind Sie ein Freund Ihrer Freunde, was ich in keiner Weise berücksichtigt habe und nicht berücksichtigen wollte, denn mein Verhältnis zu Ihnen (zu Ihrer Begabung) habe ich auf dem Gegenteil aufgebaut.

Armes „Stadtkind"! Sie wollen für so etwas Ihr Leben hergeben? Doch so etwas ist kein Wesenszug des Lebens.

In diesem Winter hörte ich sie (euch!) einen ganzen Abend lang im Salle Trocadero – es war eine „Dichterschau". Und die ausdrucksstärksten Zeilen waren:

Es wartet ein Mensch zu Hause
Mit leerem Kopf...

Ehrenwort, mit diesem Menschen hatte ich Mitgefühl – nach diesem Abend.
Wenn ein Mensch sagt: ich bin tot, was soll's: versuchen wir, ihn wiederzuerwecken! *(Und ich habe wiedererweckt!)* Aber wenn ein Mensch sagt: ich bin tot und will *NICHT* auferstehen, – lieber Freund, was soll ich mit einem Leichnam anfangen???
Ein toter Körper mit einer lebendigen Seele ist eins, – aber das hier ist ein lebendiger Körper mit einer toten Seele...
Ich kann ein ganzes Schicksal auf mich nehmen. Aber ich kann und will nicht eine (jene) Zufälligkeit auf mich nehmen. *Trägheit und Launen* sind die Dinge, die mich am meisten abstoßen, Schwäche ist das dritte [...]

Quelle: *Nowyj mir* Nr. 4 (1969), Moskau; Anm. Ariadna Efron.

Anmerkungen

1 Steiger, Anatolij Sergejewitsch (1907-1944), Dichter in der Emigration. 1936 wandte er sich, schwer an Tuberkulose erkrankt und zur Behandlung in einem Sanatorium in der Schweiz lebend, mit einem Brief an Zwetajewa, in dem er sie um freundschaftliche Unterstützung bat. Zwetajewa stand im Sommer 1936 mit ihm in Briefwechsel. Ihre einzige Begegnung fand im Dezember 1936 statt.
2 A. S. Steiger hatte Zwetajewa seine Gedichte zur Beurteilung geschickt.
3 *Wosroschdenije* (Wiedergeburt) und *Poslednije Nowosti* (Letzte Nachrichten): in Paris erscheinende russische Zeitschriften.
4 Zwetajewa fand, daß Steigers Briefe um vieles besser seien als seine Gedichte, daß er in seinen Briefen „reich (stark), in seinen Gedichten aber arm" sei.
5 Henri Murger (1822-1861), französischer Schriftsteller, Verfasser des bekannten Buches „Szenen aus dem Leben der Bohème".
6 Poplawskij, Boris Julianowitsch (1903-1935), Dichter und Schriftsteller der Emigration. Er starb infolge einer Vergiftung mit Narkotika.

Dokumente

– Drei Briefe an Berija –

„Ja, in Ewigkeit seine Frau, und nicht nur auf dem Papier“

Marina Zwetajewas Briefe an L. P. Berija
(Hrg., Vorwort u. Anm.
Mael Feinberg und Jurij Kljukin)

„Es gab keine Wahl: man darf einen Menschen in der Not nicht fallenlassen; damit bin ich geboren“, schrieb Zwetajewa ihrer tschechischen Freundin Anna Tesková 1939 vor der Abreise aus Paris in die UdSSR, die unmittelbar nach der Rückkehr ihrer Tochter und ihres Mannes erfolgte.
Am 10. Oktober war ihr Mann, Sergej Jakowlewitsch Efron, gezwungen, aus Frankreich zu fliehen, da ihn die Polizei im Zusammenhang mit dem Mord an Ignaz Reiss suchte, einem Residenten des sowjetischen Geheimdienstes, der die Verbindung mit dem Stalin-Regime abgebrochen hatte. S. Efron lebte in Moskau unter dem Namen Andrejew. Zwetajewa hatte Not und Leiden vorausgeahnt, aber das, was in Moskau mit Mann und Tochter geschah, hatte selbst sie nicht vorhersehen können. Ihre Briefe an L. Berija, geschrieben in dem Wunsch, doch irgendwie auf den Lauf des Untersuchungsverfahrens Einfluß zu nehmen, sind nicht einfach Bittschriften. Erfüllt von Würde und Stolz, enthalten sie eine Vielzahl neuer biographischer Daten über sie und Sergej Efron.
Die Briefe vom 23. Dezember 1939 und vom 14. Juni 1940 sind auf großformatigen linierten Blättern in Druckbuchstaben geschrieben, um sie für

den Adressaten leicht lesbar zu machen. Die Briefe wurden direkt an das Empfangsbüro des NKWD übergeben und sind mit Eingangsstempeln versehen. Sie wurden an die Hauptverwaltung der Staatssicherheit weitergeschickt. Und sie hatten freilich auf keinerlei Weise Einfluß auf das Geschick Ariadna und Sergej Efrons.

Am 31. August 1941 erhängte sich Zwetajewa, zerquält und erschöpft, in Jelabuga und hinterließ ihrem Mann einen Brief. Sie fühlte, daß er noch am Leben war.

Sergej Efron durchlebte noch schreckliche anderthalb Monate. Er wurde am 6. Juli 1941 vom Militärtribunal zum Tod durch Erschießen verurteilt und am 18. Oktober 1941, an jenem Tag, an dem die Deutschen bis kurz vor Moskau vorrückten, hingerichtet. Auf der Liste der Hingerichteten standen auf Verordnung des Stellvertreters des Volkskommissariats für Innere Angelegenheiten, Kobylow, 136 Menschen. Efron war der erste. Er wurde irgendwo in der Umgebung von Moskau begraben, möglicherweise in Butowo. Die hier veröffentlichten Briefe Marina Zwetajewas befinden sich im Archiv des Russischen Sicherheitsministeriums. Sie sind in der Orthographie der Autorin abgedruckt.

An die Untersuchungsabteilung des NKWD

Bei meiner Abreise aus dem Ausland in die Sowjetunion habe ich mein Gepäck an die Adresse meiner Tochter gesandt, da ich damals noch nicht genau wissen konnte, wo ich nach meiner Rückkehr nach Moskau wohnen würde.
Nach meiner Ankunft besaß ich auch nach zwei Monaten noch keinen Paß und konnte deshalb auch das Gepäck, das Anfang August dieses Jahres angekommen war, nicht bekommen.
Gemäß der Vorschrift des Zollamtes erhielt ich von meiner Tochter, Ariadna Sergejewna Efron, eine Vollmacht über das zu meinem Besitz gehörende Gepäck. Doch ich konnte es noch immer nicht bekommen, da mir eine Bescheinigung der ausländischen Grenzstation fehlte, die ich jedoch nicht passiert habe, da ich mit meinem vierzehnjährigen Sohn mit einem speziellen Dampfer nach Leningrad gefahren bin. Es wurde ein entsprechendes Gesuch um Aushändigung des für mich unbedingt notwendigen Dokuments eingereicht. Zu diesem Zeitpunkt, Ende August, wurde meine Tochter verhaftet, und das Gepäck ist, wie sich herausstellte, im Zollamt einbehalten worden.
Ich lebe außerhalb der Stadt, der Winter rückt näher, weder ich noch mein Sohn haben warme Kleidung, Decken und Schuhe, und vorerst gibt es keine Möglichkeit, diese Dinge neu zu erwerben. Hiermit ersuche ich, falls es nicht möglich ist, jetzt mein ganzes Gepäck zurückzuerhalten, um die Genehmigung, die für mich und meinen Sohn wichtigen Wintersachen aus meinem Gepäck aus-

gehändigt zu bekommen, denn ohne sie sehe ich keine Möglichkeit für uns, den Winter zu überstehen.
Über Ihren Entschluß in dieser Sache bitte ich, mich in Kenntnis zu setzen.[1]

Marina Zwetajewa

Station Bolschewo der Nördlichen Eisenbahnlinie
Siedlung Novyj Byt
Datscha 4/33
Marina Iwanowna Zwetajewa
31. Oktober 1939

* * *

Golyzino, Weißrussische Eisenbahnlinie
Schriftsteller-Erholungsheim
23. Dezember 1939

Genosse Berija,
ich wende mich in der Angelegenheit meines Mannes *Sergej Jakowlewitsch Efron-Andrejew* und meiner Tochter *Ariadna Sergejewna Efron* an Sie; beide wurden verhaftet: meine Tochter am 27. August und mein Mann am 10. Oktober 1939.
Doch bevor ich von ihnen spreche, muß ich Ihnen einige Worte über mich sagen.
Ich bin Schriftstellerin, *Marina Iwanowna Zwetajewa.* 1922 reiste ich mit einem sowjetischen Paß ins Ausland und lebte bis Juni 1939, d.h. 17 Jahre dort – in der Tschechei und in Paris. Am politischen Leben der Emigration nahm ich überhaupt

nicht teil, – ich lebte für meine Familie und für mein Schreiben. Ich arbeitete hauptsächlich mit den Zeitschriften „Wolja Rossii“ [„Die Freiheit Rußlands“] und „Sowremennyje Sapiski“ [„Zeitgenössische Annalen“] zusammen, eine Zeitlang wurde ich auch in der Zeitschrift „Poslednije Nowosti“ [„Letzte Nachrichten“] gedruckt, wurde dann aber von dort verjagt, weil ich Majakowskij offen willkommen geheißen hatte. Überhaupt – in der Emigration galt ich als Einzelgängerin – und war es auch. („Warum fährt sie nicht nach Sowjetrußland zurück?“). 1936 übersetzte ich den ganzen Winter über für einen französischen revolutionären Chor (Chorale Révolutionnaire) russische Revolutionslieder – alte und neue, darunter einen Trauermarsch („Als Opfer seid ihr gefallen im Schicksalskampf“), und von den sowjetischen ein Lied aus den „Fröhlichen Jungs“, „Poljuschko – weit ist das Feld“ und viele andere.[2] Und sie wurden auch gesungen – meine Lieder.

1937 erneuerte ich meine sowjetische Staatsbürgerschaft, und im Juni 1939 erhielt ich die Erlaubnis, in die Sowjetunion zurückzukehren. Und ich kehrte zurück, zusammen mit meinem vierzehnjährigen Sohn Georgij[3], am 18. Juni 1939 auf dem Dampfer „Marija Uljanowa“, der Spanienkämpfer an Bord hatte.

Die Gründe meiner Rückkehr in die Heimat waren das leidenschaftliche Streben meiner ganzen Familie dorthin: meines Mannes Sergej Efron, meiner Tochter Ariadna Efron (sie fuhr als erste, im März 1937) und meines Sohnes Georgij, der im Ausland geboren ist, aber von klein auf leidenschaftlich

von der Sowjetunion träumte. Der Wunsch, ihm eine Heimat und eine Zukunft zu geben. Der Wunsch, zu Hause zu arbeiten. Und die völlige Vereinsamung in der Emigration, mit der mich schon seit langem nichts mehr verband.
Bei der Aushändigung der Ausreiseerlaubnis wurde mir mündlich mitgeteilt, daß es niemals irgendwelche Hindernisse für meine Rückkehr gegeben habe.
Falls etwas zu meiner Herkunft gesagt werden muß: ich bin die Tochter des verdienten Professors der Moskauer Universität Iwan Wladimirowitsch Zwetajew, eines Philologen von europäischem Rang (er entdeckte einen antiken Dialekt – sein Werk sind die „Osskischen Inschriften") – des *Begründers und Sammlers des Museums für Schöne Künste* – früher Museum für Bildende Künste. Der Plan des Museums war sein Plan, und die ganze Arbeit bei der Gründung des Museums – das Ausfindigmachen von Geldmitteln, die Zusammenstellung von Originalen (darunter eine Sammlung ägyptischer Malerei, eine der besten der Welt, die von meinem Vater von dem Sammler Mosolow erworben wurde), die Auswahl und Bestellung von Abdrucken und der ganzen Museumsausstattung – diese ganze Arbeit war das Werk meines Vaters, war die unentgeltliche und liebevolle Arbeit seiner letzten vierzehn Lebensjahre. Eine meiner frühen Erinnerungen: mein Vater und meine Mutter fahren in den Ural, um Marmor für das Museum auszusuchen. Ich erinnere mich an die Marmorproben, die sie mitbrachten. Auf die staatliche Wohnung, die meinem Vater als Direktor

nach der Eröffnung des Museums vorgeschlagen wurde, verzichtete er und machte aus ihr vier Wohnungen für kleine Angestellte. Ganz Moskau trug ihn zu Grabe – alle seine zahllosen Hörer und Hörerinnen an der Universität, an den Höheren Frauenkursen und am Konservatorium und die Angestellten seiner beiden Museen (25 Jahre lang war er Direktor des Rumjanzew-Museums). Meine Mutter, Marija Alexandrowa Zwetajewa, geborene Mejn, war eine hervorragende Musikerin und die rechte Hand meines Vaters bei der Gründung des Museums – sie starb früh.
Soviel über mich.
Nun zu meinem Mann, Sergej Efron.
Sergej Jakowlewitsch Efron ist der Sohn der bekannten Narodowolzin Jelisaweta Petrowna Durnowo (in der „Narodnaja Wolja" war sie „Lisa Durnowo"[4]) und des Narodowolzen Jakow Konstantinowitsch Efron[5]. (In der Familie wird ein kleines Bild von ihm im Gefängnis aufbewahrt, versehen mit einem staatlichen Stempel: „Jakow Konstantinow Efron. Staatsverbrecher"). Über Lisa Durnowo hat mir der 1917 zurückgekehrte Pjotr Alexejewitsch Kropotkin unablässig voll Liebe und Bewunderung erzählt, und Nikolaj Morosow erinnert sich bis heute an sie. Auch ist von ihr in dem Buch von Stepnjak „Rußland im Untergrund" die Rede, und ihr Portrait befindet sich im Kropotkin-Museum. Die Kindheit Sergej Efrons verläuft in einem revolutionären Haus, unter ständigen Hausdurchsuchungen und Verhaftungen. Fast die ganze Familie sitzt im Gefängnis: die Mutter in der Peter-und-Pauls-Festung, die älteren Kinder, Pjotr, Anna,

Jelisaweta und Wera Efron[6] in verschiedenen Gefängnissen. Der ältere Sohn Pjotr flieht zweimal. Ihm droht die Todesstrafe, und er emigriert ins Ausland. Im Jahr 1905 werden Sergej Efron, dem damals zwölfjährigen Jungen, von der Mutter bereits revolutionäre Aufträge erteilt. 1908 emigriert Jelisaweta Petrowna Durnowo-Efron, der lebenslängliche Festungshaft droht, mit ihrem jüngeren Sohn ins Ausland. 1909 kommt sie in Paris auf tragische Weise ums Leben: ihr dreizehnjähriger Sohn[7], der in der Schule von seinen Kameraden gehänselt worden ist, begeht Selbstmord – und nach ihm auch sie.
Über ihren Tod ist in der damaligen „Humanité" zu lesen.
1911 begegne ich Sergej Efron. Wir sind siebzehn und achtzehn Jahre alt. Er ist tuberkulosekrank, geschlagen vom tragischen Tod seiner Mutter und seines Bruders. Er ist für sein Alter zu ernst. Auf der Stelle beschließe ich, mich niemals, was auch geschieht, von ihm zu trennen, und im Januar 1912 heirate ich ihn.
1913 schreibt sich Sergej Efron für die Philologische Fakultät der Moskauer Universität ein. Doch dann beginnt der Krieg, und er geht als Sanitäter an die Front. Im Oktober 1917, nach Beendigung der Fähnrichsausbildung in Peterhof, kämpft er in Moskau in den Reihen der Weißen und reist dann sofort nach Nowotscherkask, wo er als einer der ersten von 200 Männern eintrifft. Die ganze Freiwilligenbewegung über (1917-1920) ist er ununterbrochen an der Front, niemals im Stab. Zweimal wird er verwundet.

All dies ist, wie ich glaube, aus seinen vorangegangenen Personalbögen bekannt, folgendes jedoch vielleicht nicht: er hat nicht nur niemals einen Gefangenen erschossen, sondern er hat vor der Erschießung gerettet, wen immer er konnte, und denjenigen in sein Maschinengewehrkommando übernommen.

Ein Wendepunkt in seinen Überzeugungen war die Bestrafung eines Kommissars – vor seinen Augen –, das Gesicht, mit dem dieser Kommissar dem Tod gegenübertrat. – „In diesem Augenblick habe ich begriffen, daß unser Werk keine Tat für das Volk ist."

– Doch auf welche Weise geriet der Sohn der Narodowolzin Lisa Durnowo in die Reihen der Weißen und nicht zu den Roten? – Sergej Efron hielt dies für den verhängnisvollen Fehler seines Lebens. Ich aber muß hinzufügen, daß nicht nur er, ein damals noch ganz junger Mann, sich in dieser Weise geirrt hat, sondern mit ihm viele fertig ausgebildete Leute.

In der Freiwilligenbewegung sah er die Rettung Rußlands und die Wahrheit; als er seinen Glauben daran verloren hatte, trat er aus der Bewegung aus, voll und ganz, und wandte sich niemals mehr in diese Richtung.

Doch ich kehre zu seiner Biographie zurück. Nach der Weißen Armee: Hunger in Gallipoli und Konstantinopel und 1922 Übersiedlung in die Tschechei, nach Prag[8], wo er sich an der Universität einschreibt, um sein historio-philologisches Studium abzuschließen. 1923 ruft er die Studentenzeitschrift „Swoimi putjami" [„Auf eigenen Wegen"] ins

Leben – als Gegensatz zu anderen Studenten, die fremde Wege gingen – und gründet den demokratischen Studentenbund – als Gegensatz zu den existierenden monarchistischen. *In seiner Zeitschrift druckt er als erster in der ganzen Emigration sowjetische Prosa ab* (1924). Von dieser Zeit an schreitet seine „Linksentwicklung" unbeirrt voran. Nach seiner Übersiedlung 1925 nach Paris schließt er sich der Gruppe der Eurasier an und wird einer der Redakteure der Zeitschrift „Wersty" [„Werstpfähle"], von der sich die ganze Emigration distanziert. Wenn ich mich nicht irre, wird Sergej Efron bereits 1927 „Bolschewik" genannt. Weiter – mehr. Nach den „Wersty" erscheint die Zeitschrift „Ewrasija" [„Eurasien"] – in ihr habe ich auch Majakowskij willkommen geheißen, als er nach Paris kam[9] –, über die in der Emigration gesagt wird, sie sei offene bolschewistische Propaganda. Die Eurasier spalten sich in Rechte und Linke. Die Linken mit Sergej Efron an der Spitze hören bald auf zu existieren, nachdem sie sich mit dem Bund zur Rückkehr in die Heimat vereinigt haben.
Wann genau Sergej Efron begonnen hat, sich mit aktiver sowjetischer Arbeit zu beschäftigen, weiß ich nicht, doch das sollte aus seinen vorangegangenen Personalakten bekannt sein. Ich glaube, um 1930. Doch wovon ich mit Sicherheit weiß, ist sein leidenschaftlicher und unveränderbarer Traum von der Sowjetunion und einem leidenschaftlichen Dienst an ihr. Wie freute er sich, wenn er in den Zeitungen von einer aktuellen sowjetischen Errungenschaft las, wie strahlte er beim kleinsten wirtschaftlichen Erfolg! („Jetzt gibt es bei uns das...

Bald wird es bei uns dies und jenes geben...") Ich habe dafür einen wichtigen Zeugen, meinen Sohn, der unter solchen Äußerungen aufgewachsen ist und seit seinem fünften Lebensjahr nichts anderes gehört hat.
Trotz seiner Krankheit (Tuberkulose und eine Lebererkrankung) ging er am frühen Morgen aus dem Haus und kam spät abends heim. Der Mann verbrannte – vor meinen Augen. Die häuslichen Bedingungen – Hunger, die Ungewißheit der Wohnungsfrage – existierten für ihn nicht. Außer der Sowjetunion gab es keine Themen. Wenn ich auch die Einzelheiten seiner Tätigkeit nicht kenne, kenne ich doch sein Seelenleben Tag für Tag, das alles vollzog sich vor meinen Augen – die vollständige Wiedergeburt eines Menschen.
Bezüglich Qualität und Umfang seiner sowjetischen Tätigkeiten kann ich den Ausruf eines Pariser Untersuchungsrichters anführen, der mich nach der Abreise Sergej Efrons verhörte: „Mais Monsieur Efron menait une activité soviétique foudroyante!" („Aber Herr Efron hat ja eine ganz beeindruckende sowjetische Aktivität entwickelt!") Der Untersuchungsrichter sprach über dem Aktenordner seiner Tätigkeit und kannte diese besser als ich (ich wußte nur vom Heimkehrer-Bund und von Spanien). Doch wovon ich wußte und weiß, waren seine Ergebenheit und seine Hingabe. Sich nicht ganz einer Sache verschreiben, das konnte dieser Mensch von Natur aus nicht.
Alles endete auf unerwartete Weise. Am 10. Oktober 1937 reiste Sergej Efron überstürzt in die Sowjetunion. Und am 22. wurde bei mir eine Haus-

durchsuchung vorgenommen, und man brachte mich und meinen zwölfjährigen Sohn auf die Pariser Präfektur, wo wir den ganzen Tag festgehalten wurden. Ich sagte dem Untersuchungsrichter alles, was ich wußte, und zwar, daß er der edelste und selbstloseste Mensch auf der Welt sei, daß er seine Heimat leidenschaftlich liebe, daß es kein Verbrechen sei, für das republikanische Spanien zu arbeiten, daß ich ihn seit elf Jahren – 1911-1937 – kenne und daß ich nicht mehr wisse. Nach einiger Zeit folgte eine zweite Vorladung in die Präfektur. Mir wurden die Kopien von Telegrammen gezeigt, auf denen ich seine Handschrift *nicht* erkennen konnte,[10] und ich wurde freigelassen und weiter nicht mehr behelligt. Von Oktober 1937 bis Juni 1939 führte ich mit Sergej Efron einen Briefwechsel über die Diplomatenpost, zweimal im Monat. Seine Briefe aus der Sowjetunion klangen vollkommen glücklich – schade, daß sie nicht erhalten geblieben sind, doch ich mußte sie sofort, nachdem ich sie gelesen hatte, vernichten –, er vermißte nur eines: mich und unseren Sohn.
Als ich am 19. Juni 1939, nach einer fast zweijährigen Trennung, auf die Datscha in Bolschewo kam und ihn sah, erblickte ich einen *kranken* Mann. Von seiner Krankheit hatten weder er noch unsere Tochter geschrieben. Die schwere Herzkrankheit, die in dem halben Jahr nach seiner Ankunft in der Sowjetunion in Erscheinung getreten war, war eine vegetative Neurose. Ich erfuhr, daß er in den letzten zwei Jahren ununterbrochen krank gewesen war und liegen mußte. Doch durch unsere Ankunft hatte er sich erholt, die ersten Monate

hindurch nicht ein Anfall, was bewies, daß seine Herzkrankheit zu einem großen Teil durch den Kummer um uns und die Sorge, der Krieg könne uns für immer trennen, hervorgerufen worden war... Er begann aufzustehen, von der *Arbeit* zu träumen, ohne die er *umkam*, er begann bereits, sich mit einem seiner Vorgesetzten zu verabreden und in die Stadt zu fahren... Alle sagten, er sei tatsächlich auferstanden...

Und am 27. August – die Verhaftung unserer Tochter.

Nun zu meiner Tochter. Meine Tochter, Ariadna Sergejewna Efron, fuhr als erste von allen in die Sowjetunion zurück, und zwar am 15. März 1937. Bis zu diesem Zeitpunkt war sie Mitglied im Bund zur Rückkehr in die Heimat. Sie ist eine sehr talentierte Malerin und Journalistin. Und ein absolut loyaler Mensch. In Moskau arbeitete sie bei der französischen Zeitschrift „Revue de Moscou" (Strastnoj bulwar 11) – mit ihrer Arbeit war man sehr zufrieden. Sie schrieb (literarisch) und illustrierte, sie hat eine ausgezeichnete Versübersetzung eines Poems von Majakowskij angefertigt. In der Sowjetunion fühlte sie sich glücklich und klagte nie über irgendwelche Schwierigkeiten im täglichen Leben.

Und gleich nach meiner Tochter – am 10. Oktober 1939, auf den Tag genau zwei Jahre nach seiner Abreise in die Sowjetunion – wurde auch mein Mann verhaftet, ein völlig kranker und vom Unglück seiner Tochter zerquälter Mann.

Meine erste Geldübergabe wurde angenommen: für meine Tochter am 7. Dezember, d.h. drei Monate und elf Tage nach ihrer Verhaftung, für meinen Mann am 8. Dezember, d.h. fast zwei Monate nach seiner Verhaftung. Meine Tochter b[ekam? – B. E.] (nicht zuendegeschrieben – *M. F., Ju. K.*)

Am 7. November wurden auf derselben Datscha unsere Mitbewohner, die Familie Lwow, verhaftet,[11] und mein Sohn und ich blieben völlig vereinsamt in der versiegelten Datscha ohne Brennholz und in schrecklichem Kummer zurück.

Ich wandte mich an den Literaturfonds, und man besorgte uns für zwei Monate ein Zimmer im Schriftsteller-Erholungsheim in Golyzino – nach der Verhaftung meines Mannes war ich völlig mittellos. Die Schriftsteller besorgten mir eine Reihe von Übersetzungen aus dem Georgischen, Französischen und Deutschen. Noch während meines Aufenthaltes in Bolschewo (Station der Nördlichen Eisenbahnlinie, Siedlung Nowyj byt, Datscha 4/33) übersetzte ich eine Reihe von Gedichten Lermontows für die „Revue de Moscou" und die Internationale Literatur ins Französische. Ein Teil davon ist bereits veröffentlicht.

Ich weiß nicht, wessen mein Mann beschuldigt wird, doch ich weiß, daß er zu keinem Verrat, keiner Doppelzüngigkeit und keinem Vertrauensbruch fähig ist. Ich kenne ihn – von 1911 bis 1939 – fast 30 Jahre, doch das, was ich von ihm weiß, wußte ich schon vom ersten Tag an: daß dies ein Mensch von höchster Reinheit, Opferbereitschaft und Verantwortung ist. Dasselbe sagen auch seine Freunde und seine Feinde von ihm. Sogar in der Emigration, in einer höchst feindlichen Umgebung, hat ihn niemand der Bestechlichkeit be-

schuldigt, und seinen Kommunismus erklärte man mit „blindem Enthusiasmus". Sogar die Geheimpolizisten, die bei uns die Hausdurchsuchung vornahmen, sprachen, verblüfft von der Armseligkeit unserer Wohnung und der Härte seines Bettes („Wie hat denn Herr Efron auf diesem Bett geschlafen?"), mit einer Art von Hochachtung von ihm, und der Untersuchungsrichter sagte einfach zu mir: „Herr Efron war ein Enthusiast, aber auch Enthusiasten können sich irren..."
Doch *irren* konnte er sich hier, in der Sowjetunion, *nicht*, weil er die ganzen zwei Jahre seines Hierseins krank war und nirgendwo hingehen konnte.
Ich beende mein Gesuch um Gerechtigkeit. Ein Mensch hat mit Leib und Seele, mit Wort und Tat seiner Heimat und der Idee des Kommunismus gedient. Er ist schwer krank, ich weiß nicht, wieviel er noch zu leben hat, besonders nach einer solchen Erschütterung. Es wäre schrecklich, wenn er sterben müßte, *ohne* für unschuldig erklärt worden zu sein.[12]
Wenn es sich um Denunziation handelt, d.h. um gewissenlos und böswillig zusammengetragenes Material – überprüfen Sie den Denunzianten. Wenn es aber ein Fehler ist – *ich flehe Sie an* – machen Sie ihn rückgängig, bevor es zu spät ist.

Marina Zwetajewa

* * *

Moskau, 14. Juni 1940

An den Volkskommissar
für Innere Angelegenheiten,
Genosse L. P. Berija

Sehr geehrter Genosse,
Ich wende mich mit folgender Bitte an Sie. Seit dem 27. August 1939 befindet sich meine Tochter, Ariadna Sergejewna Efron, in Haft, und seit dem 10. Oktober desselben Jahres mein Mann, Sergej Jakowlewitsch Efron (Andrejew).
Nach seiner Inhaftierung befand sich Sergej Efron zunächst im Gefängnis des Inneren, dann in der Butyrka, dann in Lefortowo, und heute ist er wieder in das Gefängnis des Inneren verlegt worden. Meine Tochter Ariadna Efron war die ganze Zeit über im Gefängnis des Inneren.
Aufgrund der Tatsache, daß mein Mann nach einer langen Pause wieder ins Gefängnis des Inneren verlegt worden ist, und aufgrund der langen Haftzeit beider (Sergej Efron – 8 Monate, Ariadna Efron – 10 Monate), scheint mir, daß das Untersuchungsverfahren sich dem Ende nähert – oder vielleicht schon abgeschlossen ist.
Die ganze Zeit über hat mich das Schicksal meiner Angehörigen sehr beunruhigt, besonders das meines Mannes, der als Kranker inhaftiert wurde (zwei Jahre lang war er schwer leidend).
Das letzte Mal, als ich über den Stand des Verfahrens Erkundigungen einziehen wollte (am 24. Juni, auf dem Kusnezkij prospekt 24), gab mir der Mitarbeiter des NKWD das übliche Formular nicht,

sondern riet mir, mich mit der Bitte um eine Besuchserlaubnis an Sie zu wenden.
Ich habe Ihnen im Dezember letzten Jahres schon einiges über meine Angehörigen und über mich geschrieben. Ich erinnere Sie nur daran, daß ich nach einer zweijährigen Trennung nur sehr kurz mit den Meinen zusammen sein konnte, zwei Monate mit meiner Tochter, dreieinhalb mit meinem Mann, und daß er schwer krank ist, daß ich 30 Jahre meines Lebens mit ihm verbracht habe und daß ich niemals einem besseren Menschen begegnet bin.
Ich bitte Sie von Herzen, verehrter Genosse Berija, wenn es irgend möglich ist, erlauben Sie mir das erbetene Wiedersehen.

Marina Zwetajewa

Ich wohne jetzt vorübergehend unter folgender Adresse:
Moskau
ul. Herzena 6, Wohnung 20
(Telefon K-0-40-13)
Marina Iwanowna Zwetajewa

1 Ihr Gepäck erhielt Zwetajewa erst am 25. Juli 1940, nachdem Ariadna Sergejewna Efron vom NKWD am 2. Juli zu acht Jahren Lagerhaft (ohne Konfiszierung des Eigentums) verurteilt worden war.
2 Die Lieder wurden anscheinend 1934 übersetzt.
3 Georgij Sergejewitsch Efron (1925-1944).
4 Jelisaweta Petrowna Durnowo-Efron (1855-1910).
5 Jakow Konstantinowitsch Efron (1854-1909).
6 Pjotr Jakowlewitsch Efron (1884-1914),
Anna Jakowlewna Efron (Trupinskaja) (1883-1971),
Jelisaweta Jakowlewna Efron (1885-1976),
Wera Jakowlewna Efron (1888-1945).
7 Konstantin Jakowlewitsch Efron (1895-1910).
8 Efron kam am 9. November 1921 nach Prag.
9 „An Majakowskij" wurde in der Zeitschrift „Ewrasija" [„Eurasien"] am 24. November 1928 abgedruckt.
10 Die Polizei versuchte aufgrund der Handschrift den Autor der chiffrierten Instruktion festzustellen, die per Telegramm am Tag des Mordes an I. Reiss von Paris an eines der Mitglieder der Gruppe geschickt worden war, die diese Operation betreute.
11 Nikolaj Andrejewitsch Klepinin-Lwow (1899-1941) und seine Frau Antonina Nikolajewna (1894-1941) verließen gleichzeitig mit Efron überstürzt Frankreich. In der Sowjetunion lebten sie unter dem Familiennamen Lwow. Sie wurden in der Nacht des 7. November 1939 verhaftet, er auf der Datscha in Bolschewo, sie in Moskau bei ihrer Mutter. Auch der älteste Sohn A. N. Klepininas, Alexej Wasiljewitsch Seseman (1916-1989) wurde verhaftet. Die Familie Klepinin-Lwow wurde zusammen mit Efron verurteilt und am 28. Juli 1941 erschossen. Sie wurden postum rehabilitiert.
12 S. Efron wurde am 22. September 1956 postum rehabilitiert.

Inhalt

Auf rotem Roß – Poem 7
Briefe an W. W. Rosanow 25
Briefe an Jewgenij Lann 51
Briefe an Konstantin Rodsewitsch 117
Briefe an N. P. Gronskij 125
Briefe an Anatolij S. Steiger 133
Dokumente – Drei Briefe an Berija 167